호모심비우스

양심

글 최재천과 팀최마존

차마, 어차피, 차라리

양심

conscience

어쩌면 양심이란
그저 손을 놓지 않는 것일지도.
누군가의 불안을 끝까지
지켜내는 것일지도.
그리고 마침내 그 불편함 속에
서는 것일지도.

"

사회에서 잊힌 양심의 소중함을 되새기며,

독자 여러분의 마음속에서도

양심의 불씨가 활활 타오르기를 소망합니다

"

목차

차마,
어차피,
차라리

　15년의 미국 유학생활을 청산하고 귀국한 지 2년 남짓 되던 1996년 11월 어느 날 우연히 MBC TV〈일요일 일요일 밤에〉라는 프로그램을 시청하게 되었다. 누가 지켜보지 않아도 양심적으로 정지선을 지키거나 안전 속도를 유지하며 주행하는 자동차 운전자에게 '양심 냉장고'를 선물하는 공익 예능 프로그램이었다. 첫 촬영 에피소드는 1997년 7차 교육과정 초등학교 6학년 '생활의 길잡이' 교과서와 2015년 개정 초등학교 3학년 '도덕' 교과서에도 소개될 정도로 극적이며 감동적이었다. 당시 MC를 맡은 이경규와 제작진은 인적이 뜸한 도로 주변에 잠복한 채 대부분의 차들이 적신호를 무시하고 지나치는 모습을 지켜봐야 했다. 교통 사고 사망자가 1년에 1만 2000명을 기록하던 당시로서는 충분히 예상됐던 상황이었기에 촬영을 접으려던 새벽 4시 13분쯤 파란색 대우 티코 한 대가 횡단보도 앞 정지선에 멈춰섰다. 제작진의 권유로 운전석에서 내린 사람은 말투가 어눌한 장애인 부부였다. 혹시 음주 운전자가 아닐까 우려하며 "왜 신호를 지키셨나요?"라고 묻자 그 지체장애인 남성은 다음과 같이 대답했다.

"내가..늘..지..켜..요."

대한민국 헌법재판소는 1997년 3월 27일 [도로교통법제41조제2항등위헌제청]에 관한 전원재판부 선고 96헌가11에서 "양심이란 인간의 윤리적·도덕적 내심 영역의 문제이고, 헌법이 보호하려는 양심은 어떠한 일의 옳고 그름을 판단하는 데 있어 그렇게 행동하지 아니하고서는 자신의 인격적 존재가치가 허물어지고 말 것이라는 강력하고 진지한 마음의 소리"라고 정의한 바 있다. 양심은 도덕적으로 옳고 그름에 대한 개인의 판단이지만, 다분히 인지적이고 추상적일 뿐 아니라 일정한 방향을 촉구하는 공동체 기준에 관한 지식으로서 사회적 차원도 지닌다. '양심 냉장고' 첫 수상자였던 장애인 이종익 씨는 자신의 내면에서 들려오는 강력하고 진지한 마음의 소리에 귀 기울이며 자신의 인격적 존재가치가 허물어지지 않도록 우리 사회가 법으로 정하고 함께 지키기로 약속한 규율을 늘 지키며 살아온 것이다. 양심은 개인의 인격적 존재가치를 지탱하는 마지막 내면의 부르짖음이다.

이 프로그램은 우리 사회에 엄청난 파장을 일으키며 어쩌다 첫 방송을 보지 못한 시청자들의 빗발치는 요구에 따라 우리 방송 역사상 전무후무하게 둘째 주 정규 방송 시간에 지난주 1회차 방송분을 재방영했다. '양심 냉장고'는 오락 프로그램도 재미와 감동의 두 마리 토끼를 다 잡을 수 있다는 선례를 남기며 대한민국 사회 분위기를 바꾸는 데 일조했다. 그러나 도로 위의 양심을 고취한다는 프로그램의 취지와 달리 냉장고를 타기 위해 다분히 비양심적 기획을 도모하는 시청자들도 있었다. 당시 양심 냉장고 증정 기준은 편도 4차선 도로의 경우 4내 모두 도로교통법을 준수해야 받을 수 있었다. 제작진이 다음 촬영 장소를 고지하면 몇몇 시청자들은 뜻이 맞는 자동차 운전자 4명을 동원해 양심 상황을 연출하기도 했다. 이에 제작진은 그들에게 다가가 "선생님, 아까부터 계속 여기 도셨죠?"라고 물으며 그들의 추한 모습을 그대로 여과없이 방송에 내보내곤 했다.

"예끼, 이 양심에 털 난 사람 같으니라고."

"양심은 어디 엿 바꿔 먹었냐?"

"사람이 양심이 있어야지."

내가 어렸을 때는 매일 일상적으로 듣던 말들이었다. 그런데 언제부턴가 '양심'이라는 단어가 우리 일상 대화에서 사라졌다. 왜일까? 어떤 단어가 일상생활에서 사라진다는 것은 뭘 의미하는가? 사회적으로 통용되던 단어가 사라지는 이유는 그 단어를 대체할 용어가 새롭게 등장했거나 그 단어가 묘사하는 존재나 상황 자체가 사라졌기 때문이다. 《다윈의 사도들》에서 하버드대 심리학과 교수 스티븐 핑커(Steven Pinker)는 이러한 현상은 그 자체가 본래 언어가 작동하는 방법이라며 다음과 같이 설명했다.

"'쓰레기 수거'라는 단어가 '위생 관리'로 바뀌고, 또다시 '환경 서비스'로 바뀌었죠. 그리고 '변소'는 '욕실'과 '세면실'을 거쳐 '화장실'로 바뀌었고, '깜둥이'가 '흑인'으로, 그리고 '아프리카계 미국인'으로 바뀌었습니다."

이처럼 단어 혹은 용어가 시간의 흐름에 따라 서서히 존재감을 잃어가는 현상은 사회, 문화, 그리고 기술의 변화를 반영한다. 언어는 끊임없이 진화한다. 언어 변천을 견인하는 요인들 중에서 세대 교체와 기술 발전은 특별히 급격한 변화를 일으킨다. 우리 사회에서 양심이라는 단어가 자취를 감추는 과정에서 그를 대체한 말이 있는가 생각해 보았다. 기껏 떠오르는 말은 '쪽팔리다'라는 비속어 정도였다. 충북대 국어국문학과 조항범 교수에 따르면, 이 말은 1980년에 출간된 소설가 황석영의 《어둠의 자식들》에서 불량배들이 사용하는 은어로 소개되어 1990년대에 이르러서야 비로소 사전에 등재되었다. "좋지 않은 일로 여러 사람에게 얼굴(쪽)이 알려져 기분이 몹시 상하다"는 뜻인데, 나는 개인적으로 인터넷의 보급과 시기적으로 맞물려 있었다고 생각한다. 어느덧 비속어와 욕설이 일상어로 쓰이는 시대적 흐름에 따라 요즘엔 남녀노소 누구나 '쪽팔려'를 대수롭지 않게 내뱉는다. 어떤 면에서는 '쪽팔리다'가 양심의 빈 자리를 어느 정도 채워주고 있는 것도 사실이지만, 양심이라는 단어가 우리 귀에 들리지 않은 지는 퍽 오래되었다.

양심(어질 良, 마음 心)은 사전적 정의에 따르면, "사물의 가치를 변별하고 자기의 행위에 대하여 옳고 그름의 판단을 내리는 도덕적 의식"을 일컫는다. 철학에서는 양심을 가리켜 인간이 사회적 맥락에서 자신의 행위에 대하여 도덕적 책임을 느끼는 감정이라고 규정한다. 양심이 의식 혹은 감성이라면 염치(청렴할 廉, 부끄러울 恥)는 양심의 표상이다. "사람이 염치가 있어야지" 혹은 "염치도 없는 놈"이라는 표현을 보면 양심과 염치는 거의 동의어처럼 쓰는 것 같지만, 나는 양심은 심성을 가리키고 염치는 행위를 표현한다고 생각한다. 역사학자 이덕일은 염치를 '조선의 시대정신'이라고 추켜세운다. 조선시대에 신비가 사대부 집안에서 식사 대접을 받으면 보통 밥의 3분의 1 정도만 먹고 물렸다고 한다. 그래야 그 댁 종들이 먹을 수 있기 때문이다. 사대부가 남의 집 종의 눈치를 보며 식욕 본능을 자제하는 게 바로 염치다.

영화 〈광해, 왕이 된 남자〉에는 어느 날 졸지에 광해의 대역으로 궁궐에 들어온 저잣거리 만담꾼 하선이 난생 처음 뻑적지근한 수라상을 받곤 국물 한 방울도 남기지 않고 먹어 치우는 장면이 나온다. 이를 지켜본 내관이 "전하께서 남기신 어식으로 수라간 궁녀들이 요기를 하옵니다"라며 언질을 준다. 며칠 후 또 수라상을 받은 하선은 팥죽을 한 입만 먹고 "오늘은 이걸로 됐다. 수라를 내 가거라" 명한다. 어느덧 하선은 나인들의 눈치를 보며 왕의 지위에 걸맞은 사람이 되어가고 있었다. 양심에 가책을 느끼며 염치를 차리게 된 것이다. 오마이뉴스 이주연 기자는 책《사람이 염치가 있어야지》에서《조선왕조실록》에 염치라는 단어가 무려 2067번이나 등장한다는 걸 발견했다고 밝혔다. 1410년 태종은 예의염치는 나라의 사유(四維), 즉 네 벼리(뼈대)이므로 하루도 없어서는 안 되도록 하라 하명했다. 예의염치, 즉 예절을 뜻하는 예(禮), 의리를 뜻하는 의(義), 청렴을 뜻하는 렴(廉), 그리고 부끄러움을 뜻하는 치(恥)는 한데 합쳐 양심을 나타낸다.

양심이란 이처럼 자기 자신의 행위에 대해 스스로 평가하고 개선하는 데서 유래한다. 그래서 우리는 종종 양심을 따르기만 하면 우리의 선택이 도덕적으로 항상 올바른 선택이 될 것이라 믿고 싶은 유혹에 빠진다. 이런 점에서 보면 성령이 우리의 양심에 도덕적 진리를 새겨준다고 확신한 마틴 루터의 양심 무류성(無謬性)은 착각의 산물이다. 그런가 하면 실제로는 오히려 용기가 부족해 양심의 부름에 따르지 못하는 경우가 훨씬 많다. 겁(怯)이 양심의 발현을 막는다. 그러나 겁이 나는 것은 상황을 이해하기 때문이고, 겁이 나더라도 끝내 용기를 내는 데는 지혜의 힘이 필요하다. 사물의 도리나 이치를 분별하는 능력을 뜻하는 지혜는 양심으로 이어질 수 있는 소중한 덕목이다. 2013년 내가 제인 구달 박사의 도움으로 설립하고 지금은 이사장으로 봉사하고 있는 생명다양성재단의 좌우명은 앎의 노력이 용기의 힘을 얻어 양심으로 표현되는 과정의 철학을 대변한다. "알면 사랑한다. 사랑하면 표현한다."

　나는 솔직히 비겁한 사람이다. 신혼 시절 아내에게 비겁하다는 꾸지람을 참 많이 들었다. 주변을 둘러보면 어려서 엄한 아버지 아래서 큰 아들들이 대체로 비겁한 편이다. 무엇보다 사과하기를 꺼린다. 엄한 아버지한테 잘못을 자백하면 너그러이 감싸주시기보다는 비슷한 실수를 저지를 때마다 자백이 빌미가 되어 벌의 강도가 점점 더 세어진다는 걸 체득했기 때문이다. 아내에게 깔끔하게 사과하면 쉽게 끝날 일인 줄 뻔히 알면서도 좀처럼 입이 떨어지지 않는다. 대신 어제보다 오늘 더 잘하려 애쓰고 오늘보다 내일 더 잘하려 노력한다. 그렇게 비겁하던 내가 어떻게 사회적으로 제법 용감한 일을 여러 차례 저지르며 살았는지 스스로 생각해도 신기할 따름이다.

　1999년 1월 나는 때마침 불기 시작한 '과학 대중화 운동'의 일환으로 《개미제국의 발견》을 출간했다. 이 책은 우리말로 쓴 나의 첫 책이었는데 제1회 대한민국 과학문화상과 제40회 한국백상출판문화상을 수상하며 언론의 주목을 받기 시작했다. 그해 5월과 6월에는 EBS TV에서 '자연과 인간'이라는 주제로 4회에 걸친 강연을 했는데, 시청자들의 반응이 좋다며 또 초대하는 바람에 2000년 1월과 2월에 '여성의 세기가 밝았다'라는 주제로 여섯 차례에 걸쳐 강연하게 되었다. 그때가 마침 새로운 밀레니엄을 맞이하는 새해 벽두이다 보니 그에 걸맞은 주제를 모색하다 나는 21세기는 여성의 세기가 될 것이라는 상당히 파격적인 선언을 했다. 주제는 거창했지만 실제로는 동물들의 짝짓기와 다윈의 성선택(sexual selection) 이론에 관한 전형적인 생물학 강의였다. 그런데 그중 한 강의에서 내가 내뱉은, 예정에 없던 단 두 문장이 엄청난 반향을 불러일으켰다. "그동안 제가 관찰해 온 자연계에는 호주제도라는 것이 없더군요. 만일 있다면 호주는 당연히 암컷일 겁니다."

그 강연이 방영된 다음 날 아침 일찍부터 서울대 관악캠퍼스 56동 3층 복도 맨 끝 내 연구실에서는 전화벨 소리가 끊이지 않았다. 출근하자마자 황급히 문을 열고 전화를 받았더니 다짜고짜 쌍욕이 터져 나왔다. "어르신, 어르신께서는 제가 누구인지 알고 전화하셨지만 저는 어르신이 누구신지 모릅니다. 이건 예의가 아닌 것 같습니다. 통성명이라도 하고 말씀을 이어가시면 안 되겠습니까?"라며 항변해 보지만 거의 언제나 일방적으로 욕설을 퍼붓곤 끊어버리기 일쑤였다. 당시는 아직 휴대전화가 보급되기 전이라 하는 수 없이 나는 전화 코드를 뽑아놓았다가 내가 필요한 때만 다시 꽂고 전화를 하곤 했다. 이 같은 전화 테러는 무려 1년이 넘도록 이어졌다. 테러는 언어에 국한되지 않았다. 여권 신장에 관한 토론회에 참석했다가 나는 도포 차림에 갓을 쓴 어떤 어른에게 중요한 남성 부위를 잡히기도 했다. 손으로 내 물건을 움켜잡은 채 그는 "달렸네. 그런데 왜 암탉들한테 아양을 떨고 그래?"라는 말을 남기고 사라졌다. 너무 갑자기 당한 일이라 법적 대응은 고사하고 대꾸 한 마디 못 한 게 두고두고 억울하다.

이런 와중에 나는 몇 차례 여성들의 전화를 받았다. "선생은 도대체 어디 있다 이제야 나타났느냐?" "그동안 우리는 왜 이런 얘기를 한 번도 못 들어봤느냐?" "수십 년 먹은 체증이 싹 다 씻겨 내려간 것 같다" 등등. 그제서야 나는 호주제도가 대한민국 남성들에게는 그저 빼앗기기 아쉬운 계급장 정도일지 모르지만 이 땅의 여성들에게는 때로 뼈를 에는 올무라는 현실을 깨달았다. 결혼해서 살다가 만일 남편이 먼저 목숨을 잃으면 새로이 호주가 된 아들에게 예속되고, 어쩌다 아들마저 먼저 세상을 떠나면 이번에는 손주에게 예속되는 어처구니없는 제도가 21세기 대한민국에 잔존한다는 사실이 무척이나 비현실적으로 다가왔다. 그러던 어느 날 훗날 헌법재판소 재판관과 세월호 특별조사위원회 위원장을 지낸 이석태 변호사가 역시 훗날 우리 여성정치사에서 굵직한 획을 긋게 되는 두 젊은 여성 변호사와 함께 내 연구실을 찾았다. 이석태 변호사는 고교 시절 퍽 가깝게 지낸 친구였지만 어른이 된 후에는 처음 만난 자리였다. 그는 대뜸 호주제 폐지 운동에 가담해 달라고 제안했다. 호주제 폐지는 우리 여성계의 오랜 숙원인데 유림으로 대변되는 전통 사회 진영과 끝 모를 논쟁만 거듭하고 있어서, 과학의 객관성이 어쩌면 좀처럼 풀릴 기미가 보이지 않는 교착에 소중한 물꼬가 될지 모른다며 내 참여를 독려했다. 길고 암울한 테러의 터널을 겨우 빠져나오는 듯싶었던 상황이라 결심하기 쉽지 않았다. 그러나 결국 나는 숙고 끝에 간간이 들었던 여성들의 절규를 차마 외면할 수 없어, 이래저래 어차피

먹을 욕이라면 차라리 화끈하게 덮어써보자는 속셈으로 참여를
결정했다. 차마…어차피…차라리….

"이미 물 건너간 일"이라는 주변의 만류에도 불구하고 1999
년 4월 나는 김대중 대통령께 호소하는 형식의 시론을 썼다.

"국민의 절대 다수가 동강을 보호해야 한다고 믿고 있고 물
을 아껴 쓸 각오도 되어 있다. 얼마 전 건설교통부 장관과 환경부
장관을 함께 불러 의견을 물었던 대통령님의 합리적인 국정 운영
에 경의를 표한다. 하지만 환경계에서 잔뼈가 굵은 이가 아닌 환
경부 장관이 우리의 이 같은 절규와 기대를 과연 설득력 있게 전
달했을지는 솔직히 의심스럽다. 환경은 다른 역사적 유물들과는
달리 우리가 다음 세대로부터 잠시 빌려 쓴 후 돌려줘야 하는 것
이다. 대통령님께 손자와 함께 동강에 한번 다녀오실 것을 권유한
다. 또다시 황금알을 낳는 거위를 죽여버리는 우를 범해서는 안
될 것이다. 동강과 함께 환경을 생각한 대통령으로 역사의 강 속
에 길이 남아 흐르게 되길 기대해 본다."

이 글이 신문에 실린 지 며칠 후 김대중 대통령은 그야말로
첫 삽을 뜨기 일보직전이었던 동감댐 건설 계획을 전면 백지화했
다. 이 일을 계기로 얌전한 대학 교수로 지내던 나는 졸지에 환경
운동가들의 새로운 버팀목으로 떠오르며 급기야 2007년에는 환

경운동연합 공동대표로 추대되었다. 그저 연구하고 논문 쓰고 때로 신문에 시론이나 게재하는 대학 교수로서 편안히 살 수 있었건만 나는 왜 굳이 그 거친 광야로 나서고 말았을까? 하루가 다르게 무서운 속도로 파괴되어가는 자연을 그저 먼발치에서 바라보며 평가하는 학자의 삶에 만족하지 못하고 왜 끝내 일어서고 말았을까? 1986년 미국 시카고에서 열린 침팬지학회에서 자신이 연구에 몰두하고 있는 동안 하릴없이 사라지는 침팬지 서식지 현황을 알고 난 다음 분연히 학자의 삶을 접고 운동가의 길을 걷기로 결심한 제인 구달 박사가 떠올랐다. 차마 외면할 수 없고, 어차피 할 일이라면 차라리 온몸으로 덤벼들자. 차마…어차피…차라리….

이 양심 선택의 대가는 생각보다 훨씬 치명적이었다. 내가 환경운동연합의 공동대표 직을 수락할 무렵에는 이명박 후보가 한반도 대운하 건립 계획을 공약으로 내걸고 선거운동에 열을 올리고 있던 참이었다. 삼면이 바다로 둘러싸인 반도국가에서 바닷길로도 충분히 화물운송이 가능한데 굳이 백두대간 산꼭대기로 운하를 뚫겠다는 발상은 누가 들어도 전근대적 토목사업의 활성화 전략임이 분명해 생태학자와 환경학자는 물론, 환경을 걱정하는 사회운동가들과 시민들 상당수가 반대했다. 나는 그 당시 한반도 대운하 반대 집회에서 이 땅의 환경단체들을 대표해 반대 성명문을 낭독했다. 난생 처음 마치 정치인을 방불케 하는 방식으로 외쳤던 기억이 생생하다. 우리의 반대에도 불구하고 그는 끝내 대통령에 당선되었다. 당선이 확정된 늦은 밤 그가 청계천 입구에서 기쁨의 수락 연설을 할 때, 나는 그 장면을 TV로 지켜보며 며칠 후 내 신문 칼럼에 올릴 글을 썼다. 그 글에서 나는 당선 축하 인사를 끝내기 무섭게 득달같이 선거 공약이라고 해서 반드시 지켜야 하는 건 아니라며 한반도 대운하 공약을 포기하라고 촉구했다. 그러나 2008년 2월 대통령직인수위원회는 끝내 한반도 대운하 사업을 이명박 정부 주요 국정과제로 채택하고 말았다.

이명박 대통령은 임기를 시작한 지 얼마 되지 않아 엉뚱하게 미국산 소고기 광우병 사태를 맞아 2008년 6월 대규모 촛불시위를 겪었다. 이에 따른 국정쇄신의 일환으로 그는 대운하 사업도 포기하겠다고 밝혔다. 그러나 이듬해 이 사업은 '4대강 살리기 사업'이라는 명목으로 슬그머니 부활했다. 환경단체들은 또다시 격렬하게 반대했고 나는 국내에서 가장 큰 환경단체의 대표로서 이 엄청난 격랑의 한복판으로 휩쓸려 들어갔다. 그 대가로 국가로부터 받던 거의 모든 연구비 지급이 중단됐고, 계좌추적과 세무조사를 당해야 했다. 2021년에 밝혀진 국정원 문건에는 이명박 정부 국정원이 4대강 사업을 반대한 학자와 환경단체 회원들을 사찰한 증거들이 담겨 있었다. 2021년 3월 11일 KBS 9시 뉴스는 이명박 정부 청와대 민정수석실의 요청으로 국정원이 작성한 보고서에 따르면, "유력 환경단체 인사였던 최재천 이화여대 교수의 경우 출입국 기록까지 들여다본 흔적이 나옵니다"라고 보도했다.

본디 그리 용감한 성품의 소유자도 아닌 나는 어쩌다 이런 위험천만한 일에 겁없이 나섰을까? 2023년 서울대 하기졸업식 축사에서 밝힌 대로 "그 놈의 얼어 죽을 양심" 때문이었다. 우리 마음 깊숙한 곳에서 타고 있는 작은 양심의 촛불은 아무리 불어도 꺼질 듯 꺼질 듯 꺼지지 않는다. 신경철학자 퍼트리샤 처칠랜드(Patricia Churchiland)는 그의 저서 《양심: 도덕적 직관의 기원》에서 양심은 신이 우리 안에 심어놓은 신학적 실체가 아니라 우리의 신경회로망에 뿌리를 둔 뇌의 구성체라고 설명한다. 그래서 양심은 절대 확실한 게 아니며, 뇌가 성장함에 따라 함께 발달하고 인정과 불인정에 민감하다. 따라서 "나쁜 습관, 나쁜 친구, 나르시시즘의 시대정신에 의해 뒤틀릴 수 있다." 인간의 사회적 본성은 형이상학적으로 설치된 게 아니라 실험과 경험에 의해 다듬어진다. 따라서 신경세포의 네트워크에 경험의 영향을 극대화하려면 태어날 때 신경세포의 연결은 자궁 밖에서 생명을 유지하기에 충분할 정도로 최소한이어야 한다. 신경세포는 경험으로 익힌 바를 부호화할 때 발아하고 확장할 공간이 필요하다. 인간 신경세포의 소형화는 이런 점에서 매우 탁월한 진화적 적응이다. 사회성 포유류는 "배려와 나눔을 실천하고, 우리가 사랑하는 이들로부터 인정을 받는 사회적 규범을 준수하려는 경향이 더욱 강해"지는 방향으로 진화해 왔다. 그 배경에는 양심의 힘이 존재한다.

2024년 노벨문학상을 수상한 한강 작가는 그의 소설 《소년이 온다》에서 이렇게 적었다.

"군인들이 압도적으로 강하다는 걸 모르지 않았습니다. 다만 이상한 건, 그들의 힘만큼이나 강렬한 무엇인가가 나를 압도하고 있었다는 겁니다.

양심.

그래요, 양심.

세상에서 제일 무서운 게 그겁니다.

군인들이 쏘아 죽인 사람들의 시신을 리어카에 실어 앞세우고 수십만의 사람들과 함께 총구 앞에 섰던 날, 느닷없이 발견한 내 안의 깨끗한 무엇에 나는 놀랐습니다. 더 이상 두렵지 않다는 느낌, 지금 죽어도 좋다는 느낌, 수십만 사람들의 피가 모여 거대한 혈관을 이룰 것 같았던 생생한 느낌을 기억합니다. 그 혈관에 흐르며 고동치는, 세상에서 가장 거대하고 숭고한 심장의 맥박을 나는 느꼈습니다. 감히 내가 그것의 일부가 되었다고 느꼈습니다."

그렇다, 양심. 세상에서 제일 무서운 게 '내 안의 깨끗한 무엇', 바로 양심이다. 대한민국 헌법 제19조는 "모든 국민은 양심의 자유를 가진다"고 명시한다. 양심은 내심의 가치적 또는 윤리적 판단은 물론 세계관, 인생관, 주의, 신념 등도 포함하는 심성으로서 그 형성과 유지에 이어 실현에도 자유가 주어진다는 뜻이다. 그래서 더 무서운 것이다. 양심을 규제하면 남몰래 어기며 내심 불편하더라도 그럭저럭 살아갈 수 있다. 들키지만 않으면. 그러나 양심에 자유를 허락하면 모든 책임이 다 내게 쏟아진다. 그래서 훨씬 더 무겁고 무섭다.

　아르투어 쇼펜하우어는 "명예는 밖으로 나타난 양심이며, 양심은 안에 깃든 명예이다"라고 설명한다. 평생 대학교수로 살다가 난생 처음 국립생태원이라는 국가기관을 운영해 보고 그 경험을 적은 책 《최재천의 생태 경영》에서 나는 "서로 상대를 적당히 두려워하는 상태(상호허겁相互虛怯)가 서로에게 예의를 갖추며 평화를 유지하게 만든다. 우리 인간은 무슨 까닭인지 자꾸만 이러한 힘의 균형을 깨고 홀로 거머쥐려는 속내를 내보인다. 그러나 내가 그동안 관찰해 온 자연은 그렇지 않다. 우리가 자연에서 제일 먼저 배울 게 있다면 이 약간의 비겁함이다"라고 적었다. 도둑이 제 발 저리는 법이다. 모두 수시로 제 발 저리는 세상을 꿈꾼다. 양심과 명예가 살아 숨 쉬는 그런 세상.

　　　　　　　　　　자연 사랑하며 최재천

방송에서는 더 담지 못했던 양심편,
그 못다 한 이야기

    최재천 교수님과 책은 떼려야 뗄 수 없는 운명적 관계여서 팀 최마존 이름으로 꼭 책을 내고 싶었다. 하지만 최재천이라는 이름을 내건 책이라 솔직히 부담스러웠던 것도 사실이다. 왕관의 무게일지도.

    교수님 퇴임 시점에 학교 밖 학교를 준비하며 드디어 마음속 감춰져 있던 용기를 조심스럽게 끄집어내어 방송에서 차마 내보내지 못했던 이야기들을 책으로 만들자 결정하니, 제작진 내부에서 미친 듯이 아이디어가 쏟아져 나왔다. 마치 왜 이제야 용기를 냈느냐는 듯이 말이다.

    숱한 아이디어 안에서도 첫 번째 편으로 주저 없이 정한 주제가 바로 '양심'이다. 최재천 교수님의 2023년 서울대 졸업식 축사를 통해 양심이란 단어가 화제가 되었다. 교수님이 공식적으로 언급하기 전에는 우리에게 양심이란 단어가 사라졌는지도 모르고 살았다. 하지만 본능적으로 느낄 수 있었다. 양심이란 단어가 사라진 만큼이나 우리 사회에 가장 메말라 있는 게 양심이고, 그 목마름에 양심이란 화두가 다시 중심이 될 순간이 바로 지금이 아닐까라고. 마치 수년 전 《정의란 무엇인가》가 엄청난 화제가 되어 저자 마이클 샌델(Michael Sandel) 교수조차도 왜 유독 한국에서 이 책이 화제인지 모르겠다고 어리둥절하던 그 당시 우리 사회의 목마름 말이다.

시대적 배경을 차치하더라도 '최재천 교수' 하면 함께 연상되는 많은 단어와 이미지가 있지만 그중 하나를 꼽으라면 단연 양심일 것이다. 호주제 폐지에 앞장서 남성 최초로 '올해의 여성운동상'을 수상한 일, 불법 포획되어 동물원에서 쇼를 하던 제돌이와 그의 친구들을 원래 고향인 제주도 바다로 돌려보낸 일 등 그간의 업적들을 나열해 보면 결국 양심과 맞닿아 있다. 〈최재천의 아마존〉 방송에서 다뤘던 동물복제편에서 고민 끝에 편집할 수밖에 없었지만 교수님이 가던 길을 멈추고 다른 길을 선택한 것도 바로 양심 때문이었다.

그렇게 팀최마존이 기획하고, 영원히 이어가고 싶은(그러한 마음으로 제작할) 시리즈의 첫 시작은 양심편이 되었다. 과학자로서 양심, 학자로서 양심, 한 개인으로서 양심, 그리고 이 지구에 한 생명으로 존재하지만 미래 세대에 미안한 인간으로서 양심 말이다.

그동안 제작한 300여 편의 방송 중에서 양심과 맞닿아 있는 편들을 선정했다.

1. "혼자만 잘 살면 무슨 재민겨"

   2023년 8월 29일, 서울대 졸업식 축사

2. "복제한 반려견은 진짜 반려견일까"

   동물 복제에 대한 윤리적 고찰

3. "고향, 제주 바다는 어때?"

   제돌이와 친구들을 고향 제주 바다로 돌려보낸 역사적 순간

4. "벨라의 자유를 찾아주세요"

   약속을 잊은 기업에게 미래는 없다

5. "과학자들의 절박한 외침"

   실험실을 떠나 시위 현장으로 향한 과학자들

6. "과학의 발전이 곧 대한민국의 경쟁력입니다"

   한국 과학계의 현실과 미래

7. "누구에겐 뺏기는 무엇이지만, 누군가에겐 삶의 굴레였다"

   호주제 폐지에 앞장서다

방송이 아닌 글로 다시 읽어보는 색다른 재미와 함께 차마 방송에서는 여러 이유로 눈물을 머금고 편집할 수밖에 없었던 내용들을 책에서는 최대한 무삭제 버전으로 담아냈다. 이 책을 읽는

모든 독자와 재미님들 마음속 깊은 곳에 자리 잡은 양심의 불씨가 활활 타올라 수많은 사람들에게 전달되고 그 불씨가 모여 시대의 기류가 되길 진심으로 소망해 본다.

　최재천 교수님께서 평상시 양심을 이야기하실 때 당신 스스로를 비겁한 사람이라고, (모두가 인정하지는 않는) 겸손을 표현한다. 하지만 어쩌면 그것이 양심의 진짜 모습일지 모른다. 그 마음을 가장 잘 표현한 소설 한 구절을 덧붙인다.

"특별히 우리가 용감해서가 아니라 그것밖에 방법이 없기 때문에"

- 한강 소설 《흰》

"성공과 공정함의 의미를
되새기며, 졸업생들에게
양심을 바탕으로
고결한 공정을 실천하는 삶을
당부합니다. 인생은 길고
기회는 오니, 양심과 공정이
이끄는 세상을
함께 만들어가기를 기대합니다."

1

———

"혼자만 잘 살면 무슨 재민겨"
2023년 8월 29일,
서울대 졸업식 축사

1

여러분 모두의 졸업을 축하드립니다. 수고 많으셨습니다. 그리고 이 영광스러운 자리에 저를 불러주셔서 정말 고맙습니다.

"성공은 성적순이 아니다"라는 사뭇 섭섭한 말이 있지요? 성적순이면 좋겠는데, 그렇죠? 다른 건 모르겠는데, 서울대 졸업식 축사 자격만큼은 분명히 성적순이 아닌가 봅니다.

저는 1970년대 '제2지망'이라는 참으로 치졸하고 얄궂은 입시제도 덕택에 이 대학에 기어 들어올 수 있었습니다. 수업 빼먹기를 밥먹듯하며 대학 4년을 거의 허송세월했습니다. 4학년이 되어서야 비로소 제 삶의 마지막 도피처가 유학이란 걸 깨달았습니다.

그러나 문제는, 네, 짐작하신 대로 성적이었습니다. 지금 유학을 준비하고 계시다면 너무나 잘 알겠지만, 외국 대학에서 장

학금은 고사하고 입학 허가라도 받으려면 평점이 적어도 3.0은 넘어야 하는데, 그 당시 제 성적표에는 D와 F가 즐비했습니다.

단 한 대학만이라도 입학을 허가해 준다면 무조건 달려갈 마음으로 무려 28개 대학에 눈물겨운 지원서를 보냈습니다. 그야말로 "하느님이 보우하사" 두 군데서 연락이 왔고, 저는 그중 한 대학으로 유학을 떠났습니다.

저는 미국 대학에서 화려하게 '학점 세탁'에 성공하며 그야말로 개과천선한 사람입니다. 살다 보니 저 같은 사람에게도 오늘 같은 영광스러운 기회가 찾아오네요. 살아보니 인생 퍽 길군요.

얼마 전 어느 신문기자가 저를 인터뷰하러 와서 참으로 민망하게도 제 인생을 훑어주더군요. 말 그대로 "물 건너갔다"던 동강댐 계획에 대해 당시 김대중 대통령께 호소하는 신문 기고문을 써서 댐 건설을 마지막 순간에 극적으로 백지화하는 데 성공하며 졸지에 환경운동연합 공동대표가 되었습니다. 그리고 이명박 정부의 대운하-4대강 사업에 항거하다 온갖 불공정한 핍박을 당했습니다. 또 어쩌다 호주제 폐지 운동에 가담해 헌법재판소까지 불려가 과학자의 의견을 변론했는데, 한 달 만에 헌법 위헌 판정이 내려지며 저는 남성으로는 최초로 '올해의 여성운동상'을 수상했습니다.

2012년에는 '제돌이 야생방류시민위원회' 위원장으로 추대되어 제돌이와 그의 친구 돌고래들을 무사히 고향 제주 바다로 돌려보냈습니다. 시작할 때는 엄청난 반대에 휘말렸지만, 이는 결국 우리가 잡아 가뒀던 동물을 우리 손으로 정중하게 야생으로 돌려보낸, 우리 역사 최초의 사건으로 기록되며 동물 복지에 새로운 이정표를 세웠다는 평가를 받았습니다.

최근에는 코로나19 팬데믹 와중에 국무총리와 함께 '일상회복지원위원회' 공동위원장을 맡아 K방역이 세계의 칭송을 얻는 데 힘을 보탰습니다.

여기까지 들으면, 이 많은 사회 활동을 하느라 줄곧 학교 밖으로만 나돌았을 것으로 생각하실지 모르겠지만, 저는 교수 그리고 연구자로서 본분을 잊은 적이 없습니다. 기후 및 생물다양성 위기를 맞으며 이제는 더할 수 없이 중요한 분야가 된 생태학을 이 땅에 뿌리내리게 하려고 국내 최초로 이 분야를 집중적으로 연구하고 가르칠 수 있는 '에코과학부'를 설립하기 위해 포근한 모교의 품을 떠나는 용단을 내렸고, 노무현 정부를 설득해 동양 최대 규모의 생태학연구소인 국립생태원을 건립하고 초대 원장으로 봉사했습니다.

한편 동물의 행동과 생태에 관한 기초 연구를 게을리하지 않은 덕에 저는 2019년 동물행동학백과사전(Encyclopedia of Animal Behavior) 출간 사업의 Editor-in-chief로 추대되어 전 세계 동료 연구자 600여 명을 이끌고 거의 3000페이지에 달하는 백과사전을 펴냈습니다. 비록 작은 과학 분야지만 동료 학자들로부터 리더로 추대되었다는 점에서 매우 뿌듯합니다.

저는 왜 이 모든 걸 다 하느라 애쓰고 살았을까요? 연구와 교육을 게을리하지 않으려 안간힘을 쓰면서도 왜 온갖 사회적 부름에 종종 제 목까지 내걸고 참여했을까요? 저는 사실 태생적으로 비겁한 사람인데 어떻게 그럴 수 있었을까요?

그 이유를 곰곰이 생각하다 떠오른 단어가 하나 있습니다. 바로 '양심'입니다.

저는 우선 숨었습니다. 솔직히 다치고 싶지 않았습니다. 그러나 언제나 그놈의 얼어죽을 양심 때문에 결국 나서고 말았습니다.

오래전 제가 이곳에서 교수로 지내던 어느 해, 의예과 학생들에게 일반생물학을 가르치며 겪은 일화를 소개하렵니다. 숙제 검사를 하다 상당수의 학생이 누군가의 리포트를 그대로 베낀 걸 발견했습니다. 흔치 않은 타이포(typo)가 반복되어 나타난 것입니다. 저는 모두 여덟 명의 학생을 찾아내어 개별 면담하며 다음과 같은 다짐을 받고 관용을 베풀었습니다.

"여러분은 대한민국 최고의 능력자들이다. 그런 자들이 부정한 방법으로 이득을 취하면 가진 것도 없고 지식도 많지 않은 저 바깥의 많은 사람들은 이 험한 세상을 어찌 살아가야 하는가? 앞으로 의사가 되어, 아니 대한민국 국민의 한 사람으로서 오로지 정도만을 걷겠다고 나와 약속하면 이번 일은 없던 것으로 해주겠다."

저는 그 여덟 명의 의예과 학생들이 지금 이 순간에도 오직 정도만을 걷고 있으리라 기대합니다.

저는 오늘 여러분에게도 똑같은 다짐을 받고 싶습니다. 물론 여러분은 부정을 저지르지 않았습니다. 온전히 여러분의 노력으로 정당하게 여기까지 왔습니다. 그럼에도 불구하고 저는 똑같은 당부를 드리려 합니다. 이 땅에서 가장 축복받은 여러분이 공정하게 살지 않으면 그렇지 않아도 여러분과 경쟁에서 이기기 어려운, 저 바깥에 있는, 가진 것도 변변히 없고 지식도 많지 않은 대다수의 사람들은 이 험한 세상을 어찌 살아가야 할까요?

공정은 가진 자의 잣대로 재는 게 아닙니다. 재력, 권력, 매력을 가진 자는 함부로 공정을 말하면 안 됩니다. 가진 자들은 별생각 없이 키 차이가 나는 사람들에게 똑같은 의자를 나눠주고 공정하다고 말합니다. 아닙니다. 그건 그저 공평에 지나지 않습니다. 키가 작은 이들에게는 더 높은 의자를 제공해야 비로소 이 세상이 공정하고 따뜻해집니다.

공평이 양심을 만나면 비로소 공정이 됩니다. 양심이 공평을 공정으로 승화시킵니다. 저는 모름지기 서울대인이라면 누구나 치졸한 공평이 아니라 고결한 공정을 추구해야 한다고 생각합니다.

여러분의 선배들은 입으로는 번드레하게 공정을 말하지만 너무나 자주 실천하지 않습니다. 여러분이 만들어갈 새로운 세상에서는 종종 무감각한, 때로는 뻔히 알면서도 모르는 척 밀어붙이는 불공정한 공평이 아니라, 속 깊고 따뜻한 공정이 우리 사회의 표준이 되기를 기대합니다.

정확하게 1년 전 이 자리에서 수학자 허준이 교수님은 인간이 80년을 건강하게 산다면 여러분은 인생의 약 3분의 1을 살았다고 계산하셨는데, 제 계산은 조금 다릅니다. 여러분은 충만하게 100세 시대를 살게 될 첫 세대입니다.

그렇다면 여러분은 이제 기껏해야 인생의 4분의 1을 산 셈입니다. 앞으로 살아가야 할 날들이 엄청나게 많이 남아 있습니다. 인생, 살아보니 길더군요. 앞으로 살아갈 4분의 3 인생 동안, 여러분 각자에게 반짝이며 빛날 기회가 적어도 한두 차례는 올 겁니다.

하지만 조금 불편한 말씀 하나 드리렵니다. 미래학자들의 예측에 따르면 여러분은 적어도 직업을 대여섯 번 갈아타며 살 것이랍니다. 당연하겠지요. 머지않은 미래에 정년 제도는 필연적으로 무너질 것이고, 그러면 일하고 사는 인생, 즉 노동 인생이 자칫하면 70년이나 될 텐데 어떻게 한 직장에서 버틸 수 있겠습니까?

여러분은 사타가 공인하는 이 나라 최고의 수재들입니다. '대서울대학교'의 졸업장을 거머쥐셨습니다. 취업전선에서 완벽하게 유리한 고지를 점령하셨습니다. 축하드립니다. 그리고 그간의 노고에 경의를 표합니다. 하지만 거기까지입니다.

서울대 졸업장이 두 번째, 세 번째 직장을 얻을 때도, 70대에 할 일을 찾을 때도 지금처럼 막강한 힘을 발휘할 것이라고 생각하십니까? 천만의 말씀입니다. 여기까지입니다.

여러분은 앞으로도 쉼 없이 배우고, 일하고, 또 배우고 일해야 합니다. '융합의 세기', 21세기를 살아내려면 '통섭형 인재'가 되어야 합니다. 겸허한 자세로 평생 공부할 마음의 준비를 하십시오.

다시 한 번 여러분의 졸업을 축하드리며 이제부터 살아갈 4

분의 3 인생도 지금처럼 치열하게, 그러나 사뭇 겸허하고 따뜻하게 사시기 바랍니다. 주변은 온통 허덕이는데 혼자만 다 거머쥐면 과연 행복할까요? 농민사상가 고 전우익 선생님은 일찍이 이렇게 말씀하셨지요.

"혼자만 잘 살믄 무슨 재민겨?"

제가 평생토록 관찰한 자연서에도 손잡지 않고 살아남은 생명은 없더군요. '대서울대' 졸업생으로서 부디 혼자만 잘 살지 말고 모두 함께 잘 사는 세상을 이끌어주십시오.

우리 서울대학교는 그런 리더를 길러내는 대학이어야 합니다. 오로지 정도만을 걷는, 공정하고 따뜻한 리더가 되십시오. 서울대인은 그런 리더가 되어야 할 운명을 타고났습니다. 여러분 모두의 삶을 뜨겁게 응원합니다. 고맙습니다.

서울대 졸업식 축사를 처음 듣던 날

2023년 어느 날 최재천 교수님이 서울대 졸업식 축사 주인공으로 선정되셨다는 기사를 접하게 되었다. 촬영일에 만난 교수님께 축하 인사를 건네니 쑥스러워하시면서도 내심 설렘을 감추지 못하는 모습이었다. 전년도 대한민국 최초의 필즈상 수상자인 수학자 허준이 교수님 다음이라 부담도 있으신 듯했다. 무엇보다 서울대는 교수님의 모교이자 귀국 후 교수 생활을 시작한 곳이 아니던가.

교수님은 축사 요청을 받고 어떤 메시지를 줄까 고민이 깊었다면서 양심에 대해 이야기를 해볼 생각이라고 하셨다. 양심, 솔직히 처음 들었을 때는 중요하긴 하지만 서울대 졸업식 축사가 워낙 화제성이 높아 좀 더 멋지고 화려한, 이른바 방송적으로 강렬한 메시지였으면 좋겠다는 생각이 있었다.

교수님은 담담하게 설명을 이어갔다. 공정과 공평 그리고 따뜻한 양심. 우리 일상에서 친숙하고 익숙하게 자주 통용되는 단어였는데 어느 순간 사라진 느낌이 들었다. 설명을 듣고 나니 어쩌면 화려하고 방송적 재미가 있는 축사보다는 교수님이라서 가능한 울림이 있는 메시지라 특별한 축사가 될 수 있겠다 싶었다. 어쩌면 우리가 놓쳐버린 것 중에서 가장 중요한 것이 아닐까 하는. 마치 숨 쉬듯 옆에 존재하지만 고마움을 잊고 지내다 불현듯 깨닫게 되는 그런 것 말이다.

서울대 측의 배려로 〈최재천의 아마존〉 채널에 축사 풀영상을 업로드할 수 있었다. 조회수도 잘 나왔을 뿐 아니라 채널 입장에서도 영광스러운 일이었다. 그 뒤로 언론에서 많이 기사화되었고 재미님들에게도 감동적인 메일이 많이 왔다. 그동안 우리가 바쁘게 사느라 놓쳤을 뿐 잊은 것이 아니었다.

서울대 축사로 시작한 양심의 불꽃이 호모심비우스 팝업 행사를 거쳐 지금의 '양심' 편 책으로 연결되었다. 🐌

〈최재천의 아마존〉
해당 영상 보기

"기술 개발은 필요하지만,
과학자와 기술자는
그 과정에서 발생할 수 있는
악영향에 대해서도 깊이
고민해야 합니다.
악영향을 최소화할 방법을
찾아야 합니다.
어느 생명이 다른 생명보다
더 소중하다는 기준은 있을 수
없습니다.
모든 생명은 소중하고
아름답습니다."

CHAPTER

———

"복제한 반려견은 진짜 반려견일까"
동물 복제에 대한 윤리적 고찰

2

2

반려동물을 복제하는 것의 의미와 한계

저는 지난 18년 동안 강아지 열 마리를 차례로 하늘나라로
보냈습니다. 저도 다시는 그 아픔을 반복하고 싶지 않았고, 제 아
내도 더 이상 강아지를 기르지 않겠다고 선언했지요. 보낼 때마다
한동안은 그 아이에 대한 그리움 때문에 견디기 힘들었어요. 그
래서 최근 사회적으로 큰 이슈가 된 복제견에 대한 마음 충분히
이해합니다. 사랑했던 반려견을 차마 떠나보내지 못해 복제해서
라도 곁에 두고 싶은 마음 아닐까요? 그것 자체로 비난받을 일은
아닙니다. 다만 그 내용을 좀 더 깊이 들여다보면 결코 간단한 문
제가 아니에요. 윤리적인 문제 외에도 여러 복합적인 문제가 결합
돼 있습니다.

옛말에 깨물어서 아프지 않은 손가락이 없다고 했습니다. 그러나 강아지 열 마리를 키우는 동안 특별히 더 애정이 갔던 강아지가 있어요. 엄마 강아지는 우리한테 너무나 소중한 존재였고, 천덕꾸러기 아빠 강아지는 글쎄… 강아지끼리도 너무 관심을 안 주더군요. 그런데 저 역시 집에서 아빠다 보니 이상하게 그 아빠 강아지와 굉장한 공감대가 형성됐습니다. 그래서 그 친구가 떠났을 때 많이 힘들었지요. 살아 생전에도 천덕꾸러기처럼 혼자서 밀려나더니 떠날 때도 아무것도 없이 떠나니까 가슴이 정말 많이 아팠어요. 사랑하는 사람을 잃는 게 굉장히 힘든 것처럼 가족과 같은 반려동물을 떠나보내는 것 또한 경험해 보지 않은 사람은 모릅니다. 그래서 거기에 애착을 갖고 매달리는 심정을 충분히 이해합니다.

그런데 꼭 그래야 할까요? 그건 잘 모르겠습니다. 생물학자로서 약간 건조하게 얘기하자면, 복제한다 해도 똑같은 존재는 아닙니다. 복제 동물은 쉽게 말하면 쌍둥이인 셈인데, 사람 쌍둥이도 서로 다르지 않은가요. 처음 본 사람들은 똑같이 생겼다고 생각할 수 있지만 옆에서 오래 지켜보면 서로 다르다는 걸 알게 됩니다. 생김새도 다르지만 성격도 무지하게 다른 쌍둥이도 있어요. 왜 그럴요? 유전적으로는 둘이 완벽하게 똑같지만 생명체라는 건 유전자의 영향만으로 살아가는 게 아닙니다. 유전자가 발현되는 과정에서도 환경의 영향을 받고, 살아가는 과정에서도 매일매일의 행동이 환경과 교차하는 지점에서 나오기 때문에 똑같을 수가 없습니다. 그러니 애완견을 복제했다 해도 그 복제견이 내가 예전에 사랑했던 그 애완견은 아니란 거죠. 생김새가 굉장히 닮았고 어쩌면 성격도 비슷해서 복제된 아이를 내가 옛날에 사랑하던 그 반려견으로 믿고 사랑할 수도 있습니다. 그러나 엄밀한 의미에서는 다른 존재입니다.

제가 모든 사례를 다 알지는 못하지만, 이런 일도 있을 수 있지 않을까요. 복제해서 한동안 키우다 보니까 '얜 좀 달라. 옛날에 내가 키우던 개랑 좀 다른데? 넌 왜 이런 짓을 하니? 옛날에 걔는 안 그랬는데', 이런 일도 일어날 수 있습니다. 그러면 약간 기분이 상할지도 몰라요. 옛날만큼 정이 안 가서 서로 소원해질지도 모를 일입니다. 또 하나는 복제견이 영원히 사는 게 아니라는 사실입니다. 복제견도 언젠가 무지개다리를 건너야 하는데 그럼 또 복제할 건가요? 쉬운 문제가 아닙니다.

수명도 그래요. 영국에서 최초의 복제 동물인 '돌리'라는 양이 태어났는데 겨우 6년 살다가 죽었습니다. 그래서 처음에 나온 얘기가 복제 동물은 수명이 짧다는 것이었어요. 그도 그럴 것이 복제할 때는 그 상태의 유전자를 가지고 태어나기 때문에 이미 수명의 상당 부분을 살았던 셈이 됩니다. 그럼 복제 후의 생명은 그 나머지만 사는 게 아닌가요.

염색체 끝에는 텔로미어(telomere)라는 부분이 있습니다. 텔로미어는 세포의 노화와 수명을 조절하는 중요한 역할을 하지요. 텔로미어가 자꾸 닳아서 없어지면 결국 죽음에 이른다는 이론입니다. 그 이론에 입각해서 생각해 보면 복제 과정 이후에는 세포의 노화 속도와 생물학적 특성에 따라 남은 삶을 살아간다는 것이에요. 그런데 많은 복제 동물이 태어나고 데이터가 쌓이면서 최근 결론은 복제동물의 경우 텔로미어의 길이와 수명은 직접적인 상관이 없다는 점입니다. 이게 지금 우리 과학계의 잠정적인 결론인데, 저는 그 결론을 받아들이기 어렵습니다. 왜냐하면 한 생물의 수명이라는 건, 타고난 부분도 있지만 살면서 벌어지는 여러 가지 예상치 못한 일들, 예를 들면 갑작스러운 질병, 사고, 환경 변화 등이 복합적으로 작용해요. 100세 장수 집안이라 해도 모두가 장수를 누리는 것은 아닙니다. 예기치 못한 사고나 건강 문제로 목숨을 잃을 수도 있지 않을까요. 결국 갑작스러운 질병, 사고, 환경 변화 같은 예기치 못한 변수들이 평균 수명을 결정합니다. 복제 후에도 수의사들이 늘 관찰하고 세심하게 돌볼 거고요. 유병장수라는 말이 있을 정도로 관리를 잘하면 위험한 일을 당할 확률이 줄어듭니다. 그래서 수명이 길어질 수밖에 없어요.

그렇다면 이것은 엄밀한 의미에서 정확한 비교가 아닙니다. 저 바깥에서 매일 위험한 상황에 노출되는 동물과 철저하게 관리받는 동물을 비교할 수는 없습니다. 복제된 동물을 야생에 풀어놓고 관찰하며 수명을 비교해야죠. 그래서 저는 아직 이 문제가 명확하게 결론 나지 않았다고 생각합니다. 설사 복제 동물이 철저하게 관리받아 오래 산다고 해도 그 역시 언젠가는 무지개다리를 건너요. 그렇게 비싼 돈 들이고 힘들게 복제한 동물도 말입니다.

복제 기술의 딜레마

예전에 복제 인간 이슈가 우리 사회를 뒤흔들어 놓았던 시절이 있었습니다. 이게 과학자로서 할 이야기인지는 모르겠지만, 차라리 복제 기술에 대해 우리가 몰랐다면 어떨까요. 복제 기술이 없다고 해서 세상이 끝장날 일은 아니지 않을까요. 복제 기술을 연구하던 많은 생명공학자들이 하던 얘기가 있습니다.

"공룡을 다시 되돌릴 수 있습니다."

공룡이 꼭 되돌아와야 할까요? 물론 〈쥬라기 공원〉 영화나 소설은 공룡을 되돌려서 흥미로운 이야깃거리를 제공하지만 그 오래전에 멸종한 동물을 굳이 되살릴 필요가 있을까 싶습니다. 하지만 복제 기술이 잘 발달한다면 지금 멸종위기에 있는 많은 동물을 구할 수도 있지 않을까요. 여러 가지 긍정적인 면도 없지는 않습니다.

서양 속담 중에 "호기심이 고양이를 죽였다(Curiosity killed the cat)"라는 말이 있습니다. 고양이를 키워보면 알지만 참 호기심이 많은 동물이에요. 그런데 그것도 호모 사피엔스에 비하면 아무것도 아닙니다. 호기심으로 치면 호모 사피엔스가 가장 많아요. 우리는 세상 모든 게 궁금하죠. 과학자 역시 모든 걸 궁금해합니다. 그래서 이런저런 연구도 할 수 있는 거고, 그러다가 다이너마이트도 만든 게 아닐까 싶습니다. 처음에는 공사장에서 대형 암벽을 한 번에 무너뜨릴 방법을 찾다가 '저거 더 세게 터뜨릴 수 있으면 어떨까?' 하면서 다이너마이트를 만들었을 텐데, 그런 호기심이 나중엔 사람을 죽이는 데 쓰이는 엉뚱한 일도 발생하니 말입니다.

복제 기술도 비슷한 경우라고 생각합니다. 아무리 못 하게 막아도 언젠가 또 시도하는 과학자가 나타날 겁니다. 이건 시간 문제예요. 그래서 예전에 황우석 교수가 엄청난 사회적 비난의 대상이 됐을 당시 저는 어느 토론회에 참석했다가 그를 처음 만났습니다. 저를 보는 표정이 굉장히 경계하는 느낌이었어요. 왜냐하면 저는 생명윤리 쪽 사람들이 불러서 나갔으니까요. 황 교수는 아마도 저를 보면서 '저 양반이 무슨 소리를 할까?' 싶었을 것입니다. 그런데 그날 저는 뜻밖에도 황우석 교수의 손을 들어줬어요. 과학자의 호기심을 막을 길은 없습니다. 대한민국에서 황우석을 가두면 다른 나라의 황우석이 반드시 일을 저지릅니다. 이미 전 세계가 덤벼든 일이고, 우리가 막는다고 해서 인류 전체가 통제되는 게 아니에요. 그래서 오히려 과학자가 판도라의 상자를 조심스럽게 잘 열 수 있게 도와야 한다고 말했습니다.

그날 토론회가 끝나고 황우석 교수가 저한테 와서 손을 맞잡으며 고마워서 어쩔 줄 몰라하더군요. 그때부터 저는 황우석 교수의 든든한 친구가 된 셈입니다. 하지만 결국 그는 쉽지 않은 상황에 맞닥뜨리고 말았죠. 저는 지금도 당시 생각을 종종 합니다. 황우석 교수의 경우에도 가장 힘든 문제 중 하나는 기술을 어떻게 개발하느냐 하는 것이었어요. 그리고 그 기술을 개발하기 위해서는 여러 번의 시행착오를 겪어야 하는데 실험을 할 수 있는 재료를 마련하기가 너무 힘들었죠. 이 경우에 재료는 바로 난자를 말합니다. 지금 복제견의 경우도 마찬가지예요. 난자가 있어야 원래 그 안에 있던 유전자를 긁어내서 비운 다음 내가 원하는 동물의 유전자를 넣어서 대리모 자궁에 착상시킨 후 키워 낼 수 있어요. 그런데 이 난자를 구하는 게 굉장히 힘듭니다.

저는 미국에 유학 가기 전 서울대 동물학과 대학원에서 1년 반을 공부했어요. 그 기간 동안 매일같이 한 일이 난자를 적출해 인큐베이터 안에서 배양하는 것이었습니다. 일요일도 없이 매일 했지요. 사육실에 가서 쥐들마다 주사를 놓았어요. 먼저 프로제스테론(progesterone)이라는 호르몬 주사를 놓고 다음 날 에스트로젠(estrogen) 호르몬 주사를 또 놓습니다. 그런 다음 며칠 후에 그 아이의 배를 갈라 난소를 끄집어내서 현미경 아래서 보면 이미 두 번의 호르몬 주사를 놓았기 때문에 억지로 발육시킨 난자, 성숙한 난자들이 보여요. 난소를 터뜨려서 성숙한 난자만 끄집어내고 빨대로 살짝 빨아들여 배양액에 넣습니다. 매일 20마리의 흰쥐를 죽여서 난소 40개를 꺼내 배양액에 넣어놓으면 교수님이 그걸 가지고 실험을 시작하죠.

그런데 호르몬 스케줄을 따라가야 하다 보니 제가 하루 학교를 안 가면 어제 프로제스테론 주사를 놓은 쥐들은 소용이 없습니다. 그 쥐들은 죽여서 버려야 해요. 그렇다 보니 1년 반 동안 하루도 학교를 빠진 일이 없었죠. 매일 가서 사육실에서 주사 놓고 20마리를 데려다가 배를 가르고 난소 꺼내고… 제가 얼마나 살생

52

의 달인이 됐으면 저와 같이 시작한 연구실 선배들이 다 저한테 떠맡기고 본인들은 다른 일을 했을 정도예요. 어느 날부터는 스톱워치로 시간을 재기 시작했습니다. 20마리를 죽여야 하는데 생쥐를 어떻게 죽일까요? 꽁지를 잡고 테이블 가장자리에 놓으면 생쥐가 앞발을 테이블에 겁니다. 그러면 뒤에서 목을 딱 누르고 꼬리를 잡아당기면 경추가 바로 끊어져요. 그렇게 죽이고 가위로 배를 갈라서 난소를 꺼내고, 배양액 안에 40개의 난소를 넣고 이 모든 과정을 3분 내에 다 할 정도로 무지막지한 달인이 되어가고 있었죠. 어느 날에는 생쥐의 배를 갈라놓고 있었는데 선배들이 와서 밥을 먹자고 해서 그대로 두고 점심 먹으러 간 적도 있었어요. 돌아와서는 또 하던 일 이어가고…, 그만큼 무감각해진 것이죠.

그러던 어느 날 한 마리를 놓친 적이 있어요. 꼬리를 잡고 있는데 이 녀석이 튀어버린 것입니다. 결국 잡지 못했죠. 그다음 날 점심을 먹고 있는데, 제가 놓친 생쥐가 책상 밑에서 나오는 게 보였어요. 딴 데 보는 척하면서 슬금슬금 다가가 그놈을 잡았습니다. 그런데 이미 호르몬 사이클을 다 거쳐버린 상태라 사육실에 돌려보낼 수도 없었어요. 쓸모없는 쥐가 되어버린 거죠. 죽여야 했지만, 죽이려니 마음이 편치 않았습니다. 그렇다고 관악산에 풀어줄 수도 없었습니다. 실험동물이니 말입니다.

결국 죽이기로 마음먹고 꼬리를 잡아 매달았는데, 손이 떨렸어요. 그 모습을 본 선배 형이 "내가 할게"라고 말했고, 저는 쥐를 선배 형에게 넘기고 바깥으로 나갔습니다. 관악산 뒤에 있는 산길을 30분 동안 쭉 걸었어요. 걸으면서 생각했죠.

'아, 난 이거 못 하겠다.'

생물학자가 되겠다고 겨우 마음을 잡고 대학원에 진학했는데, 생명을 연구한다면서 매일 20마리의 생명을 죽이는 백정이 되어버린 것입니다. 이게 과연 무슨 의미가 있나 싶었어요. 물론 교수님은 제가 준비한 난자를 가지고 좋은 실험을 할 것입니다. 하지만 저한테는 너무 의미가 없는 일이다 싶었어요. 그래서 그 순간 유학을 결심했고, 생명을 죽이지 않는 연구를 하기로 했습니다. 그게 생태학이었고요. 살아 있는 생물을 있는 그대로 관찰하고, 그들이 어떻게 잘 살아가는지를 연구하는 학자가 되겠다고 마음먹었습니다.

그러고 나서 미국으로 건너가 박사학위를 받고 서울대 교수가 돼서 돌아왔는데, 제가 하던 연구가 생명 복제 기술로 발전했더군요. 당시 황우석 교수는 사람을 상대로 하는 일이어서 저처럼 난자를 꺼내기 위해 매일같이 생쥐 20마리를 '죽이는' 것은 아니었습니다. 하지만 황 교수는 연구가 힘든 나머지 넘지 말아야 할 선을 넘고 말았습니다. 여성 연구원들을 동원한 것이지요. 여성 연구원들에게 호르몬 주사를 놓고 강제로 배란을 유도해서 그 난자를 가지고 실험했습니다. 나중에 기자들이 그걸 밝혀냈는데, 그 와중에 실험 조작 사건까지 터지는 바람에 황우석 교수의 시대가 마감했습니다. 황우석 교수가 기자회견 하던 날, 저는 아침 일찍 수의과대학에 갔어요. 황 교수를 만나지 못해서 편지 한

장을 써놓고 나왔습니다.

"모든 걸 내려놓으시라. 모든 걸 내려놓고 진심으로 용서를 빌면 다시 기회가 올 것이다."

그런데 안타깝게도 황 교수는 내려놓지 못했습니다. 그날 기자회견이 오히려 상황을 더 악화시키면서 결국 학계에서 퇴출당하고 말았어요. 복제견 하나를 만들어내기 위해서는 필요한 난자들이 있는데, 그때 하나만 꺼내서 하는 게 아닙니다. 실험 성공 확률을 높이려면 여러 개의 난자가 필요해요. 그러다 보니 쌍둥이가 많이 태어나죠. 황우석 교수의 연구에서는 대상이 사람이기 때문에 그런 침습적인 시도를 할 수 없었습니다.

제가 본 것이 아니라서 단정적으로 얘기하지는 못하지만, 어쩌면 다른 나라에서는 이런 일이 일어나는 과정에서 희생되는 강아지가 없을까요? 아무도 장담하지 못할 것입니다. 한 생명을 복제 기술로 다시 탄생시키기 위해 희생되어야 하는 또 다른 생명이 있다면 그건 옳지 않다고 생각합니다. 우리가 생명을 선택할 수 있는 건 아니니까요. 얼마 전 TV 예능 프로그램 〈유 퀴즈 온 더 블럭〉에서 다섯쌍둥이를 낳은 부부의 이야기를 봤습니다. 보통 시험관 아기의 경우 여럿이 착상되면 대부분 고른다고 해요. 누구를 선택하고, 누구를 제거할지. 그런데 이들 부부는 다섯이라는 말을 듣고 도저히 그럴 수가 없었다고 합니다. 다섯을 다 품기로 하고 건강하게 출산했어요.

역설적인 점은 기준이 없다는 점입니다. 착상 단계에서는 누가 더 건강할지, 누가 더 머리가 좋을지 알 방법이 없어요. 그야말로 복불복으로 '다섯은 안 되니까 둘만 키우겠다' 해서 셋은 제거하는 건데, 그건 있을 수 없는 일입니다. 복제견도 마찬가지예요. 내 반려견은 물론 나한테는 너무나 소중하고 사랑스러운 존재지만 복제견을 만들려면 또 다른 강아지가 어떤 형태로든 희생되거나 괴로움을 겪게 됩니다. 이건 한 번쯤 깊이 고민해 봐야 할 문제가 아닐까요. 저 역시 오랜 기간 키우던 반려견을 떠나보내며 가슴 아팠던 경험이 있기 때문에 복제 기술을 동원해서라도 살려내고 싶은 마음은 충분히 이해합니다. 하지만 그 때문에 희생당할 수 있는 다른 생명이 있다는 것도 생각해 보면 좋겠습니다.

누구를 위한 기술 개발인가

복제 기술에는 긍정적인 면도 있습니다. 특히 멸종 위기에 처한 종을 보호하는 데 사용할 때 그렇죠. 실제로 성공 사례도 있습니다. 이 경우는 특정 동물 한 마리를 살리기보다는 그 종 전체를 보호하기 위한 것이기 때문에 바람직하다고 봅니다. 이런 일은 현재 국내외 많은 실험실과 동물원에서 매일 벌어지고 있어요. 오히려 긍정적인 면이 많고, 그래서 저는 지지하는 편입니다.

황우석 교수를 생각하면 안타까운 점이 있습니다. 훌륭한 기술을 개발하기 위해 누구보다 노력했지만, 결국 해서는 안 될 일을 저지르고 말았어요. 참 불행한 일이라고 생각합니다. 기술 발전은 인류에게 매우 중요하죠. 하지만 그 과정에서 예상치 못한 희생이 발생할 수도 있습니다. 저는 성격상 그런 상황이라면 차라리 하지 않는 쪽을 선택하는 편입니다. 기술을 개발해 더 잘 살겠다는 것은 미래에 대한 욕심이에요. 욕심을 버리면 하지 않아도 될 일입니다. 하지만 대부분 기술 분야에 있는 사람들은 저와는 유형이 좀 다릅니다. 그들은 어떻게든 목표를 이루려는 욕망이 강해 때로는 뜻밖의 실수를 저지르기도 해요. 기술 개발은 물론 해야 하는 일이지만, 과학자와 기술자는 그 과정에서 발생할 수 있는 악영향도 고민해야 한다고 생각합니다. 그런 악영향을 최소화할 수 있는 방법을 찾아내야죠. 어떤 생명이 다른 생명보다 더 소중하다는 기준은 있을 수 없습니다. 모든 생명이 소중하고 아름다우므로 진지하게 고민해야 할 문제예요. 생명이 있는 것은 다 아름답습니다.

생명을 살리는 연구자가 되겠다는
결심을 들은 순간

　　콘텐츠 촬영과 제작은 주제 선정을 위한 기획회의로부터 시작된다. 방송 소재 발굴을 위해 다양한 모니터링을 하지만 대체로 교수님의 과거 행적을 살펴보며 준비를 한다. 자연스럽게 교수님의 업적을 하나하나 따라가다 보면 많은 역사를 쓰고 중요한 기점마다 함께해 주셨다는 생각이 들어 숙연해진다. 무엇보다 100권이 넘는 저서, 역서, 편저 등이 있으니 마치 거대한 자료의 보고 같았다. 그렇게 자료를 찾던 중 황우석 박사와 공저로 책을 출간하신 내용을 알게 되었지만 조심스러워 묻지 못했다.

　　그간 1500만 반려인과 반려동물 시대를 맞이해 관련 질문이 제작진에 많이 들어왔고, 우리 채널의 주요 관심사항이기도 했다. 추가로 복제견 관련 뉴스를 접하게 되면서 기획회의 끝에 교수님에게 상의를 드렸다. 교수님은 잠시 생각에 잠기는 듯하더니 하자고 했고, 우리도 전격 촬영을 결정했다.

촬영 당일 간단한 대화만 나누고 바로 촬영에 들어갔다. 교수님은 언제나처럼 편안하게 말을 이어갔는데, 불현듯 황우석 박사 이야기를 꺼냈다. 결론이야 어떻든 황우석 박사는 대한민국 복제견 역사에서 빼놓을 수 없는 인물이다. 그 시절 대단한 열풍을 불러일으켰는데, 한창 주가를 달리던 〈개그콘서트〉에서조차 황우석 박사가 연구에 집중하도록 흔들지 말라고 개그 소재로 활용할 정도였다. 실험 조작과 윤리적 부분에서 걷잡을 수 없는 거대한 스캔들로 휘몰아친 사이 황우석 박사는 우리 관심에서 서서히 잊혀갔다.

우리는 서울대 생명공학과 복제견 그리고 황우석 박사에 대한 이야기를 교수님 촬영을 통해 생생하게 들을 수 있었다. 교수님을 통해 듣는 그 시절은 마치 현장에 있는 듯 긴장감마저 감돌았다. 복제견에 대한 견해로 시작해 그 시절 황우석 박사 이야기, 그리고 예상치 못했던 교수님의 과거 고백까지 이어졌다. 하고 싶었던 연구를 위해 유학길에 올랐다는 이야기까지는 방송을 통해 알고 있었지만, 그사이 또 다른 일이 있었는지 전혀 몰랐다.

생명공학 연구를 위해서는 난자를 배양해 실험과 연구를 계속해야 했고, 연구 대상이었던 실험쥐를 순식간에 죽여 필요한 난자를 채취하고 같은 공간에서 스스럼없이 식사했다는 이야기는 충격 그 자체였다. 지금 모습을 보면 상상하기 힘든 그 시절 실험에 최적화된 서울대 대학원생 최재천. 그러다 우연히 실수로 놓친 실험쥐 한 마리로 인해 스스로에게 어떤 일이 벌어지고 있는지 자각하며 후회가 밀려들었다는 고백. 이후 교수님의 삶은 새로운 결심과 출발로 이어졌다.

촬영을 하며 처음 그 이야기를 들었던 날이 아직도 생생하다. 촬영을 마치고도 하루 종일 마음이 힘들어 다른 일을 전혀 할 수 없었다. 스스로 백정이었노라 고백하며 "생명을 죽이는 사람에서 생명을 살리는 사람으로 바꾸겠다"고 결심했다는 생물학 최고 석학 최재천 교수님의 담담한 소회가 많은 것을 생각하게 했다. 어떻게 살 것인가? 그리고 지금 어디를 향해 가고 있는가? 제작진에게도 많은 질문을 던진 촬영이었다. ❤

〈최재천의 아마존〉
해당 영상 보기

"제주도 서귀포시 대정읍에
가면 삼팔이, 춘삼이, 복순이가
아기 돌고래들과 함께 헤엄치는 모습을
자주 볼 수 있다고 합니다.
수족관에 붙잡혀 돌고래쇼를 하다가
대법원 판결에 따라 제주 바다로 돌아간
남방큰돌고래들입니다.
언젠가는 꼭 보러 갈 겁니다."
- 드라마 〈이상한 변호사 우영우〉 중

"고향, 제주 바다는 어때?"

제돌이와 친구들을 고향 제주 바다로
돌려보낸 역사적 순간

3

제돌이 야생방류시민위원회가 만들어지기까지

2022년 ENA에서 방영된 드라마 〈이상한 변호사 우영우〉는 고래 이야기를 다루며 제주남방큰돌고래에 대한 관심을 크게 증폭시켰습니다. 주인공 우영우(박은빈 분)가 수족관에서 풀려나 제주 바다로 돌아간 멸종위기종 제주남방큰돌고래 삼팔이, 춘삼이, 복순이를 보고 싶어 하는 장면이 그려졌습니다. 당시 삼팔이, 춘삼이, 복순이 등은 언급됐는데 제돌이는 언급이 없어서 다소 섭섭하긴 했어요. 그런데 다른 의미에서 생각해 보면, 그동안 제돌이는 언론의 조명을 많이 받았어요. 드라마의 성격이 그렇듯이 제일 잘나가는 누군가가 아니라 곁에 있는, 때로는 보이지 않는 아이들을 일부러 소개한 건 아닐까 싶습니다.

복순이의 경우 당시 제가 국립생태원장을 하고 있어서 풀어주던 현장에는 참여하지 못했지만 제돌이, 춘삼이, 삼팔이는 모두 제 손으로 풀어준 친구들입니다. 정말 극적이었던 것은 대법원 판결까지 가서야 이 아이들을 제주 바다로 돌려보낼 수 있었다는 점입니다. 이 이야기를 하려면 세 사람을 꼭 언급해야 해요. 우선 《한겨레신문》 남종영 기자인데, 남 기자가 신문 1면에 돌고래 기사를 실으면서 이 모든 일이 시작했다고 봐도 과언이 아닙니다. 한국 신문 역사상 처음으로 일간신문 1면에 대형 특집 동물 기사가 실린 것이죠. 남종영 기자가 《한겨레신문》 1면에 돌고래 기사를 쓰면서 정부기관까지 모두가 이 문제에 대해 인식하는 계기가 됐어요. 남 기자는 《잘 있어, 생선은 고마웠어》라는 책을 집필해서 그간에 있었던 모든 이야기를 책에 담았습니다.

그리고 핫핑크돌핀스라는 환경보호단체가 있는데, 여기 황현진 대표가 정말 굉장한 사람이에요. 아무도 이 문제에 대해 말하지 않을 때 황 대표는 서귀포에 있는 퍼시픽랜드 앞에서 혼자서 피켓을 들고 제돌이와 그의 친구들을 풀어줘야 한다며 오랫동안 시위를 했습니다.

마지막은 조희경 동물자유연대 대표입니다. 동물자유연대는 동물보호단체 가운데 제일 큰 단체 중 하나인데, 제주돌고래 방사 프로젝트가 진행되는 동안 온갖 궂은 일을 도맡아 했습니다. 모금운동부터 해양수산부에 찾아가 시위를 하는 등 환경보호단체의 대표 역할을 매우 충실하고 훌륭하게 해냈어요.

제주돌고래 방사 프로젝트에서 이 세 사람은 매우 중요한 역할을 했습니다. 남종영 기자의 기사를 통해 저를 포함한 많은 사람들이 우리나라에 돌고래가 그렇게 많이 사는 줄 처음 알게 됐으니까요. 제주에 남방큰돌고래가 무려 100여 마리 넘게 살고 있었더라고요.

미국 미시건대학교에서 교수로 있을 때, 저는 '돌고래 연구의 4인방'으로 불리는 젊은 연구자들을 따라다녔습니다. 그 대학원생들이 돌고래 연구를 하는 모습이 너무 부럽더라고요. 영어에는 '가방모찌'라는 표현이 없지만, 저는 그들을 따라다니며 "다음에 호주에 갈 때는 내가 가방을 들고 따라갈 테니 나도 같이 돌고래 연구를 하게 해달라"고 졸랐어요. 그만큼 돌고래 연구에 관심이 많았고, 꼭 해보고 싶었습니다. 하지만 한국에 돌아온 후 제주도에 남방큰돌고래가 100여 마리나 살고 있었다는 사실을 뒤늦게 알게 되었어요. 아마도 남종영 기자의 기사를 보고 알게 되었거나, 그 몇 년 전 어디선가 듣고 우리나라에 돌고래가 그렇게 많이 산다는 사실에 놀랐습니다. 남 기자는 저를 포함한 많은 사람들에게 이 문제를 알리는 데 매우 크게 공헌했지요.

그러던 중 돌고래들이 불법으로 포획됐다는 사실이 밝혀졌습니다. 제주의 돌고래쇼 공연업체 퍼시픽랜드가 제주 어민들이 불법으로 잡은 제주남방큰돌고래 11마리를 사들인 것입니다. 하지만 열악한 환경 때문에 그중 5마리가 죽고 말았어요. 퍼시픽랜드는 관광객을 끌어들이기 위해 서울대공원에 있던 바다사자 두 마리와 이곳의 돌고래 한 마리를 교환했는데, 이 돌고래가 바로 제돌이였습니다. 제돌이에게는 끔찍한 시설에서 벗어나 서울대공원 수족관으로 가는 것이 더 나은 환경이었지만, 퍼시픽랜드로 옮겨온 동물들은 많은 고생을 했을 것입니다.

이 사실이 밝혀지자 황현진 핫핑크돌핀스 대표는 퍼시픽랜드 광장에서 홀로 피켓을 들고 몇 달 동안 매일 시위를 했어요. 검찰이 기소를 했고, 재판도 여러 차례 열렸지요.

2012년부터는 서울시가 이 일을 맡기로 했어요. 서울대공원이 과천에 있지만, 그 땅은 서울시에 속해 있어서 과천시가 아닌 서울시가 책임을 지기로 한 것입니다. 제주에서 황현진 대표가 피켓 시위를 할 당시에는 그곳이 서울시 관할이 아니어서 서울시는 아무 조치도 할 수 없었어요. 그러다 서울시 관할이 되자마자 인권변호사 출신인 고 박원순 시장이 이 문제에 관심을 갖게 된 것 같습니다. 그는 동물권에 대해 논문을 쓴 적이 있는 인물로서 직접 제돌이를 야생으로 돌려보내자고 제안했어요. 결국 서울시의회에서 예산이 통과되었고, 시민단체와 학계 등이 참여한 '제돌이 야생방류시민위원회'가 구성되었습니다.

설문조사에서 제돌이 방류를 반대한 세 가지 이유

저는 제돌이 야생방류시민위원회 위원장으로 호선되었습니다. 위원장으로 활동하며 평생 잊지 못할 경험을 했지요. 저는 이 일을 매우 자랑스럽게 생각해요. 이 문제를 과학적으로 해결할 수 있었던 데는 위원장이 과학자인 점이 큰 도움이 되었던 것 같습니다. 정치적, 사회적 논쟁으로 흐르지 않고 처음부터 끝까지 과학적으로 접근하며, 오로지 제돌이를 어떻게 하면 빨리 자연으로 돌려보내서 다시 적응시킬 수 있을지에 대한 고민만 했습니다. 위원회에서도 오직 이 문제만 고민하겠다고 했고, 다른 이야기에는 신경 쓰지 않을 테니 나를 믿고 따라와달라고 했어요. 결과적으로 그것이 올바른 선택이 된 것 같습니다.

위원회 일을 하면서 많은 혼란을 겪었어요. 저는 사람들이 모두 나와 같은 생각을 할 거라고 생각했습니다. 위원회를 시작하자마자 한 언론기관이 돌고래 야생 방류에 대한 찬반 설문조사를 하겠다고 요청해 와서 이에 응했습니다. 그런데 결과가 매우 놀라웠어요. 돌고래 방류에 반대하는 의견이 더 많았거든요. 당시 반대 의견은 크게 세 가지로 나뉘었습니다. 첫째는 돌고래를 왜 방류해야 하느냐는 것이었어요. 사람들에게 쓸 돈도 부족한데, 동물 복지에 큰 예산을 쓰는 것은 말이 안 된다는 의견이었습니다. 이런 반응도 놀라웠지만, 특히 박원순 서울시장과 서울시의회를 비난하는 의견이 많았어요. 이 프로젝트의 예산이 약 8억 7000만 원 배정됐었는데, 대부분의 언론은 "우리도 살기 힘든데 이런 일이 말이 되냐"며 반대했습니다. 그러나 당시 환경부는 반달곰 복원 프로젝트에 연간 15억 원을 사용하고 있었어요. 제돌이 방류 프로젝트는 결코 쉬운 일이 아니었습니다. 실제로 제돌이를 방류한 후 계산해 보니 총 17억 원이 소요된 것으로 기억합니다. 결국 서울시 예산의 두 배가 필요했던 거죠. 나머지 금액은 모금과 기업 지원으로 충당했습니다. 그런데 예산 문제가 반대의 첫 번째 이유라는 점이 놀라웠습니다.

두 번째 이유는 잘 보호받고 있는 돌고래를 왜 야생으로 내보내느냐는 것이었습니다. 방류 후 돌고래가 다치면 어떻게 책임질 것이냐고 묻는 질문에 저는 어느 기자회견에서 내가 책임지겠다고 선언했어요. 그 후 여러 곳에서 구체적으로 어떻게 책임질 것이냐고 계속 질문했습니다. 그때 제가 한 말을 남종영 기자가 인용한 적이 있어요.

"자유는 쉽게 얻는 것이 아닙니다. 자유는 투쟁을 통해 얻는 것입니다. 우리가 그렇게 해서 자유를 얻었듯이, (돌고래에게도) 내일 죽더라도 반드시 찾아야 할 것이 바로 자유입니다."

그래서 저는 이 돌고래가 내일 나가서 죽더라도 방류할 것이라고 결심했어요. 만약 돌고래에게 무슨 일이 생긴다면, 제가 모든 법적 책임을 지겠다고도 밝혔습니다. 앞으로 이 문제에 대해 질문하는 기자에게는 개인적으로 대응할 것임을 경고하며, 더 이상 이야기하지 말자고 했습니다. 이것은 인간의 관점에서 결정할 문제가 아니라, 이 돌고래가 내일 죽더라도 나가고 싶어 할 것이기 때문입니다. 우리 기준으로 판단하지 말자고 강조하며, 앞으로 이러한 질문은 받지 않겠다고 했어요.

세 번째 이유가 제일 어이없었습니다. "왜 돌고래만 내보내냐, 코끼리랑 침팬지도 다 풀어줘라"는 것이었습니다. 할 말을 잃게 하는 반응이었지만, 기자들에게는 "알겠다, 언젠가는 다 내보내고 싶고 그런 날이 오기를 바란다"는 말로 넘겨버렸습니다.

우리가 이 일을 시작하고 1년쯤 지나서 또 한 번 설문조사가 있었습니다. 그때는 서울시민의 80% 이상이 찬성하는 쪽으로 돌아섰지요. 그리고 제돌이와 친구들을 풀어주고 한 달 후쯤 실시한 설문조사에서는 아직도 우리나라 수족관에 30마리 정도 있는데, 그 아이들도 모두 풀어주는 것에 대해 90%에 가까운 시민들이 찬성 의견을 보였습니다. 시민의식이 획기적으로 변하는 데 상당히 기여한 사건이었다고 생각합니다.

대법원 판결 직후 실행한 돌고래 방류 프로젝트

2012년 3월 28일 대법원 판결이 났습니다. 이날 황현진 대표는 대법원 앞에서 피켓을 들고 서 있었고, 많은 동물보호단체들도 함께했습니다. 저와 제주대 김병엽 교수, 조희경 동물자유연대 대표 등도 퍼시픽랜드 앞에 있었어요. 판결이 나자마자 돌고래들을 어떻게 할 것인지 바로 결정해야 했거든요. 대법원은 판결을 내릴 뿐이고, 제주 검찰이 뒷수습을 해야 하는 일이라서 문제가 복잡했습니다. 또렷한 가이드라인이 있는 것도 아니었고, 어영부영하다가는 자칫 그간 애쓴 일이 이상하게 흐를 수도 있었어요. 사실 제돌이 야생방류시민위원회가 법적인 권한을 가진 게 아니라서 주도권을 확보하기 위해서는 퍼시픽랜드 앞에서 진을 쳐야 했습니다.

당시 퍼시픽랜드 안에는 돌고래 네 마리가 붙들려 있었어요. 그중 춘삼이와 삼팔이는 돌고래쇼를 하고 있었고, 비교적 건강한 상태였습니다. 하지만 복순이는 약간 장애를 갖고 있었는데, 태어날 때부터 그랬는지 후천적으로 그렇게 된 건지는 사실 아무도 모르지만 턱이 약간 돌아간 상태였습니다. 추측하기로는 스트레스 때문에 철창살을 계속 물어뜯으면서 후천적으로 입이 좀 삐뚤어진 건 아닌가 싶어요. 복순이는 포획된 이후로 계속 훈련을 거부해서 조그마한 수조에 따로 갇혀 있었습니다. 태산이도 복순이 옆을 떠나질 않아서 같이 그 작은 수조에 갇혀 있었고요.

우리는 삼팔이와 춘삼이는 바다 가두리로 바로 보내도 충분히 적응할 것으로 판단했습니다. 사실 우리 모두가 그 분야에 완벽하게 전문성을 갖춘 사람들은 아니다 보니 더 공격을 받았던 건데, 저 역시도 그랬어요. "그래, 최재천 교수가 우리나라에서 유명한 동물행동학자인 건 맞는데, 돌고래를 연구한 사람은 아니지 않은가", 이게 제가 가장 받아들이기 어려운 비난이었습니다. 돌고래 연구로 박사학위를 받은 울산고래연구소 김현우 박사도 위원회에 들어와 있었지만, 울산고래연구소는 규모가 너무 작고 해양수산부에 속해 있어서 이 일을 감당하기에는 여력이 안 돼 보였습니다. 김현우 박사는 당연히 돌고래를 울산으로 데려가고 싶어 했죠. 하지만 돌고래체험관이라는 걸 만들어놓았는데 환경이 열악해 그곳으로 보내면 안 될 것 같았어요. 퍼시픽랜드 앞에서 진친 이유 중의 하나입니다.

그래서 가두리를 준비해 놓고, 춘삼이와 삼팔이는 판결만 떨어지면 바로 옮기기로 했어요. 그런데 다른 돌고래들은 어떻게 해야 할까…. 사실 몇 달 전에 수조 시설을 보러 들어가 본 적이 있습니다. 제 신분을 알리지 않고 다른 사람들과 함께 들어갔는데, 생각보다 환경이 훨씬 더 열악하더군요. 수조가 너무 좁아서 복순이와 태산이는 그냥 뱅글뱅글 돌고 있었어요. 직원들은 돌고래들이 너무 말을 안 듣는다는 얘기만 하지 시설에 대해서는 일언반구 설명도 없었고요. 마음이 아팠지만, 우리는 퍼시픽랜드 앞 카페에서 기다리며 논의를 이어갔습니다. 결국 두 마리는 가두리로 보내고 두 마리는 서울대공원으로 보내면 어떻겠냐는 의견이 나왔어요.

돌고래를 옮기는 방법에는 세 가지가 있습니다. 큰 트럭에 넣어서 육로로 가는 방법, 배에 실어서 바다로 옮기는 방법, 그리고 비행기에 실어서 나르는 방법이 있습니다. 제일 좋은 방법은 비행기로 가는 것입니다. 시간이 가장 짧게 걸리기 때문에 옮기는 과정에서 쇼크사하는 위험을 줄일 수 있어요. 문제는 비용인데, 화물비행기 한 대를 통째로 빌려야 하는 일입니다. 고민하던 중 문득 떠오른 사람이 있었지요. 금호아시아나그룹 박삼구 회장. 저는 몇 년 전 아시아나항공 임직원을 대상으로 강의를 한 적이 있습니다. 그때 강의를 마치고 회장님과 티타임을 한 번 했는데, 그 작은 인연에 기대어보기로 한 거죠. 상황을 설명하고 도움을 요청했더니 좋은 일인데 그러겠다고 흔쾌히 손을 내밀어주었습니다. 당시 제주-김포 간 화물비행기 1대 운행 비용이 1억 원이었는데, 아시아나항공에서 절반을 부담하고, 나머지 5000만 원은 조희경 대표와 동물자유연대가 모금을 해서 마련할 수 있었습니다. 그래서 그 두 마리는 비행기에 태워서 서울대공원으로 옮기고, 춘삼이와 삼팔이는 우리가 급히 마련해 둔 가두리로 옮기기로 했지요.

마침내 대법원 판결이 났다는 소식에 우리는 바로 퍼시픽랜드로 들어갔습니다. 앞서도 언급했듯이 돌고래 네 마리를 우리가 데리고 갈 수 있는 법적인 권한이 있는지는 분명하지 않았습니다. 저는 며칠 뒤 우리가 이 아이들을 서울대공원으로 옮길 테니까 그렇게 알라고 통보했습니다. 퍼시픽랜드 측은 어떻게 보면 무방비 상태에서 우리한테 당한 셈이지요. 훗날 김현우 박사도 굉장히 섭섭한 얘기를 했어요. 울산고래연구소로 데려가고 싶었다고 말이지요.

우리는 2013년 7월 18일 제돌이와 춘삼이를 가두리에서 제주 바다로 방류했습니다. 그리고 2015년 7월 복순이와 태산이는 제주 바다로 돌아갔고, 지금은 제돌이를 포함한 그 다섯 마리가 모두 제주에서 잘 살고 있습니다. 춘삼이, 삼팔이, 복순이 모두 새끼까지 낳았어요. 복순이는 사실 제주 바다에 가자마자 유산을 한 번 했지요. 태산이의 새끼를 유산했는데 우리도 매우 안타까워했습니다. 왜냐하면 그 과정이 복순이한테는 너무 힘들었을 테니까요. 복순이는 나중에 또 새끼를 낳아서 잘 기르고 있는데, 태산이 아이였으면 좋겠습니다.

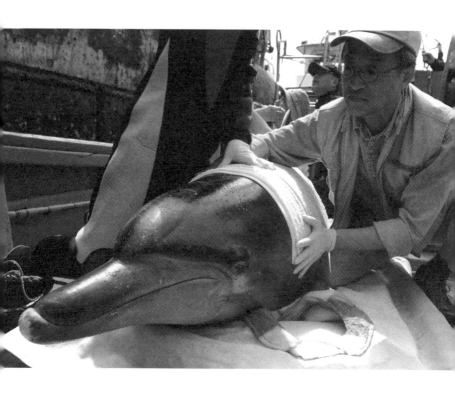

"우리는 2013년 7월 18일 제돌이와 춘삼이를 가두리에서
제주 바다로 방류했습니다. 그리고 2015년 7월 복순이와 태산이는
제주 바다로 돌아갔고, 지금은 제돌이를 포함한 그 다섯 마리가
모두 제주에서 잘 살고 있습니다."

태산이는 순정남 그 자체였어요. 서울대공원에 있을 때 복순이가 아무래도 장애가 있어서 먹는 것도 시원치 않았는데, 태산이는 늘 복순이 곁을 지키며 함께했습니다. 나중에 복순이를 야생으로 돌려보내기 위해 훈련을 시켜야 하는데, 비뚤어진 입으로 과연 살아 있는 고등어를 잡아먹을 수 있을까 너무 걱정스러웠어요. 실제로 처음에 먹이 물고기를 풀어줬을 때는 잘 못 잡아먹더라고요. 그런데 태산이는 아무 문제가 없는데도 안 먹었어요. 복순이가 먹을 때까지 옆에서 같이 헤엄치기만 했습니다. 그러다가 어느 날부터 복순이가 잡아먹기 시작하고, 태산이도 같이 먹는 걸 보면서 이제는 진짜 풀어줘도 되겠다 싶었지요.

그런데 몇몇 언론에서 복순이를 풀어주면 안 된다고 하는 것입니다. 이 상태에서 나가면 적응이 안 돼서 바로 죽을 수 있다고요. 훈련 기간이 다른 돌고래들에 비해 훨씬 길었지만 결국 복순이도 해냈습니다. 지금은 복순이도 제주 바다에서 혼자 힘으로 살고 있어요. 새끼까지 낳아 기르고 있으니까요. 이 정도면 우영우 변호사가 복순이에 대해 더 세세히 알고 있었던 게 아닌가 싶습니다. 장애를 좀 가지고 있던 특별한 돌고래였는데 그 아이도 제주 바다에서 잘 살고 있으니 그저 고마울 따름이죠.

단계별로 진행된 야생 적응 훈련

제가 야생방류시민위원회에 들어가면서 이화여대 에코과학부 동료 교수인 장이권 교수에게도 동참을 제안했습니다. 돌고래는 소리로 서로 의사소통을 하는 대표적인 해양동물이에요. 장이권 교수는 우리나라에서 동물 소리 연구에 자타가 공인하는 1인자니까 함께해도 좋을 것 같았습니다. 그런데 장 교수도 돌고래는 연구해 본 적이 없었어요. 이 참에 한번 같이해 봐도 좋지 않겠는가 싶어 연구는 장이권 교수팀에 맡겼고, 제주도에서 적응 훈련은 제주대학교의 김병엽 교수에게 부탁했습니다. 김 교수는 원래 해양 수산 산업 차원에서 돌고래 연구를 시작했는데, 우리와 가까이 지내면서 돌고래를 깊이 연구하는 학자로 거듭났습니다.

아무래도 돌고래들이 수조에 너무 오래 있어서 의사소통에 문제가 좀 생기진 않았을까 싶어 제돌이의 소리도 분석했습니다. 근육 밀도도 조사했는데 그 이유는 방류 결정 이후 쇼에 투입되지 않다 보니까 운동량이 부족해져 체중이 늘기 시작했기 때문이에요. 야생에서 물고기를 잡아먹으려면 운동을 해야 하니 근육량까지 재면서 체계적으로 운동시켰습니다. 모든 걸 철저하게 과학적으로 준비했어요. 그렇지 않으면 돌려보낼 수 없다고 생각했으니까요. 저는 원래 동료나 대학원생들을 닦달해 본 적이 없지만, 제돌이 훈련만큼은 평소의 저답지 않다는 말을 들을 정도로 세심하게 챙겼습니다.

처음에 제돌이는 수조에 살아 있는 고등어를 풀어주면 도망쳤습니다. 여러 해 동안 죽은 생선만 받아먹었던 탓이죠. 돌고래 쇼에서 후프 같은 걸 한번 뛰어넘으면 토막 낸 생선을 하나 입에 넣어주곤 했으니 말입니다. 우리는 단계별로 수족관에서부터 제돌이와 친구들이 야생에서 살아갈 수 있도록 철저하게 훈련시켰습니다. 그다음 제주 바다에 가서 '그래, 이제 너네끼리 가서 잘 살아라' 하는 식으로 풀어준 게 아니라, 파도가 덜 치는, 방파제로 막혀 있는 곳에서 가두리를 치고 제주 바다에 익숙해지도록 또 훈련시켰습니다. 그런 다음 가두리를 끌고 중바다로 데리고 나가서 거기서 또 한동안 훈련시켰고요. 다른 돌고래들이 찾아와서 주변에서 들여다보고 서로 교신하는 과정을 다 거친 후에 풀어줬습니다.

이 모든 과정을 완벽하게 기록으로 남기고 데이터로 분석해 프로토콜을 만들었어요. 지금 세계 많은 나라에서 고래를 풀어주고 싶어 하는 그룹들이 우리 프로토콜을 사용합니다. 이 일을 《내셔널지오그래픽》에서 기가 막히게 홍보해 줬는데, 그 덕에 전세계에서 가장 모범적인 사례로 등극했지요. 《내셔널지오그래픽》에서 세계 최초로 야생으로 돌려보낸 돌고래가 새끼를 낳아서 기르고 있다고 보도한 것입니다. 사실 세계 최초일 리는 없습니다. 그동안 많은 돌고래들을 풀어줬을 텐데, 그 암컷들 중에서 새끼를 낳은 암컷이 왜 없겠습니까. 하지만 다른 나라의 경우에는 바다 멀리 나가버려서 돌고래를 추적할 수 없기 때문에 확인할 수 없었을 것입니다.

제주 바다에는 100여 마리의 제주남방돌고래(*Tursiops aduncus*)가 삽니다. 일본에 주로 사는 돌고래는 큰돌고래(*Tursiops truncatus*)입니다. 우리 제주 바다에 사는 아이들과 다

른 종이죠. 남방큰돌고래는 호주 서해의 샤크베이(*Shark Bay*)에 관광객들이 찾아가서 물고기도 주고 하는 그 유명한 아이들과 같은 종입니다. 남방큰돌고래는 멀리 남아공 해안에서부터 세계 곳곳에 흩어져 살아요. 어쩌다가 우리나라 제주 바다까지 와서 살게 됐는지는 좀 더 면밀하게 조사해 봐야 할 것 같습니다. 우리나라 남방큰돌고래는 정확하게 몇 마리인지 아직 모릅니다. 그런데 고래연구소에서 조사를 시작한 이래 130마리 정도라고 해서 우리도 그렇게 알고 각각 이름을 붙여줬죠. 그중에 제주도를 자력으로 이탈한 친구는 아무도 없는 걸로 압니다. 그저 제주도 연안을 뱅뱅 돌 뿐이어서 우리도 나가서 뱅뱅 돌다 보면 언젠가 만납니다. 그래서 우리가 출산 사실을 발견한 것이죠. "작은 아이가 옆에 또 따라다니네" 그러면서 사진 찍고 기록을 남겼습니다.

그런데 새끼가 처음에 엄마 뱃속에서 빠져나오면 몸 옆에 아주 특징적인 주름이 있어요. 아직 살이 다 펴지지 않은 주름이죠. 우리 연구진이 그것을 우리말로 번역해 달라고 해서 제가 '배냇주름'이라는 이름을 붙여줬는데 듣자마자 다들 좋아했습니다. 새끼들이 태어나면 한동안은 그 배냇주름이 또렷이 보여요. 물 위로 튀어올랐을 때 찍힌 사진을 보면 이 아이가 태어난 지 그렇게 오래되지 않은 아이라는 걸 알 수 있습니다. 춘삼이, 삼팔이, 복순이 모두 배냇주름을 가진 작은 돌고래와 함께 찍힌 사진이 우리한테 있어요. 그 정도면 우리는 완벽하게 성공했다고 생각합니다.

제돌이를 풀어준 지 1년이 되던 2014년 7월 18일에 저는 신문 칼럼에 겁대가리 없이 "제돌이 야생 방류 사업은 100% 성공했다"라고 선언해 버렸습니다. "이제부터 제돌이와 그 친구들에게 일어나는 일은 평생 제주 바다에서 살아온 아이들에게 벌어지는 일과 전혀 차이가 없을 것이다. 이 아이들은 완벽하게 적응했고, 이제부터 이 아이들이 잘못해서 배에 부딪혀서 상처를 입어도 그건 우리 소관이 아니다. 나와 방류시민위원회 그리고 이모든 일에 함께했던 사람들의 임무는 이로써 완벽하게 끝났고, 100% 성공했다"고 선언했습니다. 이제부터 벌어지는 일은 새로운 관점에서 분석해야 합니다. 그리고 이 칼럼에 덧붙인 말이 있어요.

"여러분, 7월 17일이 무슨 날이지요? 제헌절입니다. 그러면 7월 18일은요? 네, 바로 제돌절입니다. 기억하기도 쉽죠? 제헌절 바로 다음 날은 제돌절입니다. 그러니까 이제 7월 18일은 대한민국 역사에서 우리가 잡은 동물을 우리 돈을 들여서 고향으로 정중하게 돌려보낸 최초의 사건이 있었던 날로 기억하면 됩니다."

한국 사회에서 동물권 또는 동물보호의 전기를 마련한 사건이 아니었나 생각합니다. 그런 만큼 충분히 국경일에 버금가는 날로 기려도 되지 않을까요. 헌법에 정해진 것은 아니지만, 저는 7월 18일을 제돌절로 제정하고, 저를 좋아하는 많은 이들과 함께 제돌절을 기념하며 삽니다. 7월 18일 제돌절이 다가오면 모두들 제돌이와 춘삼이, 삼팔이, 복순이, 태산이 5인방을 기억해 주길 바랍니다.

제돌이 앞에 붙은 1번의 의미

그동안 여러 위원회 활동을 하다 보니 툭하면 위원장이 되곤 해서 여간 힘든 게 아닙니다. 위원장이라는 자리가 사실 재미없어요. 자기 의견을 발표할 기회는 거의 없고 싸우고 대립하는 다른 사람들을 진정시키고 안건을 조율해야 합니다. 제가 평생 맡았던 위원회 중 제일 힘들었던 위원회가 바로 제돌이 야생방류시민위원회였지요. 제주도청에서도 관계자가 들어오고, 제주도에서 돌고래 관련 연구를 하던 김병엽 교수도 합류했습니다. 한국고래연구소 김현우 박사와 서울대공원팀, 동물자유연대 조희경 대표, 핫핑크돌핀스 황현진 대표, 에코맘코리아(이제는 에코나우) 하지원 대표, 그리고 관련 분야 변호사, 장이권 교수를 포함한 과학자팀 등 모든 관련된 사람들이 총망라된 위원회였습니다. 대부분의 위원회는 정부 관계자들이 반 정도 차지하고, 마치 양념처럼 외부 인사들이 일부 끼어 있는 상태인데, 이 위원회는 이 이슈에 대해 말할 만한 자격을 갖춘 사람들은 모조리 들어온 듯했어요. 제가 위원장으로 제일 많이 한 말이 "위원장도 한마디 좀 합시다"였을 정도였죠. 위원들의 입을 다물게 하는 일이 제일 힘들었습니다. 모두 다 의견들이 많은 사람들이었으니까요. 그래서 어느 순간 저는 이렇게 선언했어요.

"제가 조금 관찰해 보니까 이건 통제가 불가능한 위원회라는 걸 깨달았습니다. 저는 웬만하면 개입하지 않겠습니다. 그냥 피 튀기며 싸우세요. 이 위원회는 그럴 수밖에 없는 위원회인 것 같습니다. 다만 한 문제에만 개입하겠습니다. 제돌이를 어떻게 하면 하루빨리 안전하고 행복하게 바다로 내보낼까, 이 문제에 관해서만 얘기합시다. 다른 이슈를 가지고 괜히 쓸데없는 얘기를 할 때는 위원장 자격으로 저지하겠습니다. 전 그것만 지켜볼 거고, 때로는 고성이 오가더라도 그냥 참겠습니다."

그러다 어느 날인가 가장 진이 빠질 정도로 심하게 싸웠던 날인데, 뜻밖에도 돌고래 등지느러미에 번호를 새기자는 아이디어가 나왔습니다. 이 아이디어는 과학팀에서 나왔는데, 사실 그 배후에 내가 있었죠. 저는 평생 돌고래 연구를 하고 싶었는데 기회가 오지 않아 못 하고 있었습니다. 그래서 이번 기회에 제주 바다에 사는 100여 마리의 돌고래를 따라다니기로 마음을 굳힌 상태였거든요. 돌고래 연구를 하는 사람들은 돌고래를 따라다니며 사진을 찍습니다. 그리고 등지느러미의 모습을 보고 개체를 구별해요. 문제는 돌고래 행동을 연구하다 보면 저 애가 누군지 알아야 그때그때 그들이 서로 상호작용하는 것을 빨리 이해할 수 있는데 현장에서 확인하는 데는 한계가 있어요. 일단 사진을 찍고 실험실로 돌아와서 자료사진과 비교하며 "얘가 아까 걔였어" 이러면서 확인해야 하니 연구가 더딜 수밖에 없습니다.

그런 와중에 냉동 표식 방법이라는 게 있다는 걸 알게 됐습니다. 목장에서 말을 기를 때도 내 말임을 입증하기 위해 엉덩이에 낙인을 찍지 않습니까. 하지만 그건 불로 지지는 거라서 참 할 짓이 아니라고 봐요. 게다가 돌고래 피부를 불로 지지면 물에 들어가 덧날 겁니다. 그래서 그동안 하던 방법이 라디오 트래킹 태그를 다는 것이었죠. 하지만 배터리가 1년을 못 버텨요. 그러니까 1년 후에는 그 애를 또 잡아서 배터리를 갈아줘야 한다는 얘기입니다. 대부분의 경우 못 잡아서 배터리가 소진한 상태로 그냥 달고 다니죠.

드라이아이스를 이용해 탈색시키는 방법에 관해 외국 연구 논문도 읽어보고 외국 동료들과 얘기를 해보니 돌고래에게 고통을 주는 것도 아니고 건강을 해치는 것도 아니라는 걸 알게 되었습니다. 피부를 조금 탈색시키는 것일 뿐, 조직 손상도 심하지 않을 것 같았고요.

이 의견에 대해 저는 위원장으로서 적극 지지했습니다. 그런데 서울환경운동연합의 최예용 팀장이 절대 안 된다고 나섰어요. 자연에 인간의 흔적을 남기는 건 결코 허용할 수 없다는 것이었죠. 저는 연구를 좀 하고 싶다고 솔직하게 고백했습니다. 그리고 잠시 정회하고 최 팀장과 따로 대화를 나눴어요. "내가 환경운동연합 전 공동대표인데 환경운동연합에서 내가 하는 일을 이렇게 대놓고 반대하면 내가 어떻게 위원장을 할 수 있겠냐"며 계속 밀고 나가니까 최예용 팀장은 분을 못 참고 사퇴하겠다고 했습니다. 저도 평소 같으면 절대로 사퇴시키지 않지만 그때는 허락했죠. 그건 밀어붙여야 할 일이라고 생각했어요. 최예용 팀장이 빠진 후

이 안건은 만장일치로 통과됐습니다. 황현진 대표도 처음엔 반대했는데 결국 내 뜻을 받아들여줬고요. 그래서 제돌이 1번, 춘삼이 2번, 삼팔이 3번 이렇게 가기로 했는데 삼팔이는 우리가 번호를 찍기도 전에 나가버렸어요. 나중에 시간이 한참 흐른 후 최예용 팀장과도 화해했습니다.

제돌이 방류 후 제주도 해녀들도 돌고래에 대한 생각이 많이 바뀌었어요. 제주도민들도 돌고래를 마치 가족처럼 생각해 주는 사람들이 많아졌고, 돌고래 관광도 이제는 지나칠 정도로 활성화돼 있습니다. 초창기에는 관광 배가 나가서 돌고래를 만났는데 돌고래들이 뱃전에서 튀어오를 때 등지느러미에 1번이 보이면 완전히 난리가 났어요. 배에 있는 사람들이 서로 "제돌이다" 하면서 만세를 외치고 흥분하기 일쑤였죠. 중년 남성들 중에는 뒤돌아서서 눈물을 훔치는 경우도 있다고 합니다. 저는 그 마음을 압니다. 바다에 가서 돌고래를 가까이서 만나면 뭐라 표현할 수 없는 뭉클함이 있어요. 돌고래는 이상한 동물입니다. 제가 평생 개미, 까치, 긴팔원숭이 등을 연구했지만 얘네들을 만났다고 해서 막 울렁거리지는 않았거든요. 그런데 돌고래는 뱃전에 앉아서 보기만 해도 왜 이렇게 가슴이 막 울렁거리는지 모르겠어요. 돌고래는 참 신비로운 동물 같습니다. 제돌이가 자연의 전도사 역할을 정말 톡톡히 해줬어요. 제돌이가 '돌고래는 수족관에 있으면 안 되는 이유', 그리고 '자연을 보호해야겠다는 생각'을 사람들 마음속에 심어준 것 같습니다.

우영우 변호사와 제돌이 보러 갈까

제돌이 이름은 왜 제돌이일까요? 제돌이가 처음 서울대공원에 왔을 때 태그에 붙은 이름으로 불린 것이 아닐까 싶습니다. 누군가 제돌이에게 제주도에서 왔고, 수컷이니까 제돌이라고 부르자, 그래서 제돌이라는 이름을 얻은 것 같습니다. 춘삼이와 삼팔이는 아마도 퍼시픽랜드에서 붙여준 것 같은데, 시설도 엉망인데 이름 짓는 것도 참 엉망이에요. 복순이는 그래도 여자 이름 같기는 한데, 어떻게 '거지왕 춘삼이'도 아니고 여자 이름이 춘삼이가 뭔가요. 삼팔이도 그렇고요.

당시 서울시의회가 허락해 준 예산 8억 7000만 원이 너무 많다고 언론에서 뭇매를 많이 맞았지만 결국 우리는 그보다 훨씬 큰 금액을 모금해야 했습니다. 아시아나항공에서는 그 후에도 돌고래를 운송할 때마다 늘 50% 지원을 해준 것으로 압니다. 그 비용을 모두 합하면 몇억 원이 될 거예요.

위원장을 하던 당시 어느 날 현대그린푸드라는 곳에 가서 특강을 하게 됐습니다. 현대그룹의 급식을 담당하는 회사였죠. 공장 옆 작은 방에서 대표를 만나 같이 현대그린푸드가 마련한 도시락을 먹었어요. 도시락을 먹으면서 분위기가 좋길래 얘기를 꺼냈습니다. "돌고래를 제주 바다 가두리로 데려가서 그 아이들에게 살아 있는 물고기를 먹여야 하는데, 사실 제주도에 있는 횟집들에는 거의 다 중국산뿐이다. 제주 바다의 물고기를 잡아먹어야 하는데, 중국산을 먹여서 훈련시킨다는 게 좀 그렇다"라고요. 이런 얘기를 하고 있는데, 대표가 돕겠다고 하더군요. 그래서 제돌이, 춘삼이, 삼팔이를 제주도로 데려간 그 순간부터 그곳에 거주하는 현대그린푸드 과장과 직원이 매일 아침 배를 타고 나가서 제주 바다의 물고기를 잡아 그걸로 돌고래들을 먹였습니다. 비용으로 치면 몇억 원은 됐을 거예요. 현대 계열사뿐 아니라 돌고래들에게도 급식을 해준 셈입니다. 아침에 잡은 생생한 물고기를 먹여준 현대그린푸드를 비롯해 많은 기업들의 도움이 참 고마웠습니다.

결과적으로 동물자유연대가 중심이 돼서 모금운동을 하고, 서울시가 마련한 예산의 두 배가 넘는 비용을 써가면서 돌고래들을 자연으로 돌려보내 잘 적응할 수 있게 했습니다. 처음에는 인간 복지에 쓰기에도 부족한 돈을 왜 동물 복지에 쓰냐는 말노 많았지만, 이젠 그런 말을 하는 사람은 없는 것 같습니다. 이것만 해도 우리 사회가 얼마나 많이 달라졌는지를 보여주는 것 같아 참 뿌듯합니다. 이제껏 학자로서 제법 연구도 많이 하고, 사회 공헌 활동에도 많이 참가해 봤지만 가장 의미 있고 자랑스러운 일이라고 생각합니다. 다시 태어난다 해도 과연 이런 일을 할 수 있을까 싶을 정도로 자랑스럽고 뿌듯합니다.

저는 제주에 갈 때마다 바다 해안가를 걸으며 돌고래를 찾느라 정신이 없습니다. 멀리서 봐도 물결이 조금씩 다른 게 보여요. 이 책의 독자들도 조금만 관심 갖고 훈련하면 충분히 찾아낼 수 있을 것입니다. 요즘 제주도에 돌고래 관광 선박들이 너무 많아요. 관광객들이 지켜야 하는 최소한의 규칙도 지키지 않아 돌고래들이 너무 힘들어합니다. 많은 사람들이 착각하는 게, 배가 오면 돌고래들이 배랑 경주하려고 배 옆에 붙어서 유영한다고 생각하지만 전혀 그렇지 않습니다. 배들이 돌고래를 따라붙는 것이에요. 그럼 돌고래가 너무 힘들어합니다. 최근에는 제트보트까지 등장해서 돌고래 무리 사이를 헤집고 다니는 몰지각한 행동을 해요. 부디 이런 일은 없어야 할 것입니다. 올레길에서 봐도 충분히 보입니다.

저는 요즘 이런 말을 해요. 제주에 가면 꼭 돌고래를 보고 오라고요. 제돌이 꼭 보고 오라고요. 하지만 배 타고 보지는 말라고 합니다. 망원경, 쌍안경, 또는 망원렌즈를 장착한 카메라를 갖고 가서 올레길 걸으면서 보면 좋겠다고, 대정읍에 가장 자주 나타나니까 거기도 꼭 한번 들르라고 합니다.

"우영우 변호사님, 저랑 돌고래 보러 제주도 한번 갑시다. 삼팔이, 춘삼이, 복순이만 얘기하셨는데 제돌이도 보셔야죠."

혹시 우 변호사랑 가면 제돌이가 보러 나오지 않을까요. 그 틈에 저도 한번 제돌이를 오랜만에 만날 수 있지 않을까요. 우영우 변호사가 진짜로 제돌이와 춘삼이, 삼팔이, 복순이를 만났을 때 어떤 표정을 지을지 너무 궁금해요. 드라마에서 본 감동적인 표정 이상일 것 같습니다.

"우리 재미님들도 제주도 여행 다녀오세요. 가서 제돌이한테 제가 꼭 보고 싶어 한다는 말도 좀 전해 주시고요."

우리들 마음속 영원한 1번
제돌이와 그의 친구들

2022년 여름 ENA에서 방영한 한 드라마가 장안의 화제였다. 대한민국 전역이 드라마 하나로 대화의 소재가 되고 패러디가 넘쳐났다. 주인공인 우영우 변호사의 좌충우돌 성장기를 다룬 드라마였는데 우영우는 고래를 사랑했다. 항상 번뜩이는 아이디어가 떠오를 때면 고래가 바다 위로 뛰어오르는 장면이 나왔고 자연스럽게 드라마 곳곳에 고래 등장신이 꽤나 많았다. 그러던 어느날 우영우는 삼팔이, 춘삼이, 복순이 이야기를 했다. 불법으로 잡혀와 돌고래쇼를 하던 아이들. 그 아이들이 제주도 대정읍에 가면 만날 수 있다는 이야기를 했다. 내용을 알고 있던 사람들에게는 놀라움을 줬고, 내용을 모르던 사람들에게는 새로운 사건으로 다가왔다.

사실 〈최재천의 아마존〉 방송을 하면서 제돌이 이야기를 진즉 다루고 싶었다. 언제고 방영하고 싶은 핵심 주제였지만 채널의 힘이 약했다. 초기 재미님들은 알겠지만 1년 넘도록 구독자가 1만 명 언저리에서 맴돌았다. 〈이상한 변호사 우영우〉가 방영되던 시기에 30만 구독자 수준이었을 때라 지금이 좋은 시기일 수 있겠다는 판단이 들었다. 교수님에게 촬영 제안을 했다. 원래 교수님은 하고 싶은 이야기도 많고 촬영하고 싶은 주제도 있었을 텐데 제작진을 전적으로 믿어주고 먼저 의견을 내지 않던 때였다(얼마나 제돌이 이야기를 하고 싶으셨을까).

촬영을 앞두고 교수님에게서 신나는 분위기가 느껴졌다. 드라마 속 우영우는 단순히 고래를 사랑하는 수준이 아니라 자연을 진심으로 아끼며 소중하게 생각하고 실천하는 사람이었다. 이것이 콘텐츠의 힘일까. 촬영을 진행하면서 그간 뉴스로만 접해 오던 이야기를 생생히 들을 수 있었다. 하지만 분량이 많아 눈물을 머금고 편집할 수밖에 없었다. 유튜브 생태계에서는 긴 콘텐츠보다 쇼츠가 더 각광받는 추세인지라. 하지만 이렇게 촬영한 역사적 순간의 기록을 어떤 식으로든 풀버전으로 꼭 공개하리라 마음먹었다(향후에는 영상도 풀버전으로 준비하려고 한다).

제돌이를 방류하기까지 숱한 어려움의 시간들, 실제 결정되고서도 반대하는 국민이 많아 악화된 여론, 엄청난 방류 비용…. 교수님이 아무도 가지 않은 길을 가는 동안 얼마나 많은 고심과 고민으로 숱한 밤을 보냈을지 가늠조차 되지 않았다. 무엇보다 실패하면 큰일난다는 그 중압감은 느껴보지 않은 사람은 상상조차 어렵다. 돌고래 등지느러미에 숫자를 새기는 이야기를 할 때는 육성으로만 전해 듣는데도 평상시 교수님과 너무 달라 깜짝 놀랐다. 반대하는 일부 인사의 제명까지 단행하고 과학자로서, 연구자로서 기록도 소중히 다뤘다(후에 화해를 하고 서로의 입장을 이해했다고 해서 다행이지만). 평상시와 다르게 단호하고 흔들림 없이 추진하는 교수님 얼굴에서 비장함마저 느껴졌다.

교수님은 방류하고 난 뒤 제돌이를 한 번도 만나지 못했다고 한다. 못내 섭섭한 눈치였는데, 훗날 교수님과 재미님들이 함께 제주도 서귀포시 대정읍에서 제돌이를 다시 만날 순간을 꿈꾼다. 재미님들과 함께 온 교수님을 제돌이가 먼저 알아채고 마중 나오지 않을까? 🐋

〈최재천의 아마존〉
해당 영상 보기

"롯데월드 아쿠아리움에서
열두 살 수컷 벨루가가 폐사하면서
암컷 '벨라'만 남았습니다.
벨루가는 IUCN이 멸종 위기
'관심 필요종'으로 지정한 북극 해양
포유류로서 수심이 얕은 수조에
가두는 것은 부적절합니다. 고래는
높은 지능과 감수성을 지닌 동물로서
갇혀 있는 동안 엄청난 심리적
고통을 겪습니다.
벨라가 더 이상 고통받지 않도록
바다에 방류해야 합니다.
자유는 돈이나 재미보다
고귀합니다."

4

"벨라의 자유를 찾아주세요"

약속을 잊은 기업에게 미래는 없다

4

"벨라에게 집행유예를"

"벨루가는 아이슬란드 바다 서식지(생추어리)에 가기 위한 준비를 하고 있습니다."

롯데월드 아쿠아리움 수족관 옆에 붙은 소개글입니다. 2019년 롯데월드 아쿠아리움 측에서 마지막 남은 벨루가 '벨라'를 방류하겠다고 약속한 지 5년이 지났습니다. 이 약속은 벨루가의 복지를 개선하고 자연 서식지로 돌려보내기 위한 노력의 일환으로 벨루가들이 좁은 수족관 환경에서 겪는 스트레스를 줄이기 위해 이루어진 것이었습니다. 저는 2019년 10월 22일 《조선일보》 제기명 칼럼에 벨라에 대한 글을 썼습니다. 그 글을 쓴 이유는 벨루가 세 마리 중 두 번째 벨루가가 죽은 날이었기 때문입니다. 더 이

집행유예(2019. 10. 22)

롯데월드 아쿠아리움에서 손님을 맞던 벨루가가 '순직'했다. 이번에 죽은 벨루가는 열두 살짜리 수컷인데 2016년 4월에 폐사한 다섯 살배기 수컷에 이어 두 번째다. 이제 덩그러니 암컷 '벨라'만 남았다. 벨루가는 세계자연보전연맹(IUCN)이 지정한 멸종 위기 '관심 필요'종인데 우리의 삐뚤어진 '관심' 때문에 사라지고 있다.

고래는 수염고래와 이빨고래로 나뉘는데, 벨루가는 이빨고래 중에서도 돌고래, 범고래, 상괭이 그리고 왼쪽 앞니가 비틀어져 앞으로 길게 뻗은 일각고래와 더불어 참돌고래상과에 속한다. 주로 북극 근해에 살지만 철 따라 멀게는 6000㎞나 이동하며 산다. 우리 동해까지 다녀가는 벨루가도 있다. 이런 동물을 작은 수조에 몇 년씩 가둬두는 행위는 그 어떤 기준으로도 정당화할 수 없다.

이른 봄 아이들과 논에서 올챙이를 잡아 어항에 넣어 기르다 뒷다리가 나오면 풀어주는 일은 하셔도 좋다. 올챙이는 자기가 잡혔다는 사실을 인식하지 못한다. 하지만 고래는 안다. 지금 이 순간 시설에 갇혀 있는 고래는 거의 다 우울증을 앓고 있다. 게다가 롯데월드 아쿠아리움의 수조는 수심이 너무 얕다. 주로 해수면에서 수심 20m 사이를 헤엄쳐 다니지만 종종 700~800m 깊이까지 잠수하며 사는 고래를 수심 7.5m 수조에 넣어 선보이는 것은 그야말로 접시에 담아내는 격이다.

벨라도 그리 오래 버티지 못할 것이다. 영락없이 죽을 날만 기다리는 무기수 꼴이다. 롯데그룹에 호소한다. 벨라가 무슨 죽을죄를 지었는지 모르지만 제발 집행유예로라도 풀어달라. 그룹 회장님도 얼마 전 집행유예로 풀려나 업무를 보고 계시지 않는가? 우리는 제돌이와 그의 친구들을 제주 바다에 방류하는 데 성공해 국제사회에서 실력을 인정받았다. 롯데만 결심하면 벨라에게 자유를 되찾아줄 수 있다. 재미도 돈도 자유만큼 소중할 수는 없다.

《조선일보》 '최재천의 자연과 문화'에 게재된 칼럼
최재천의 자연과 문화, 545

글 쓰는 보람(2019. 10. 29)

지난주 이 칼럼에 나는 롯데월드 아쿠아리움에 홀로 남은 흰고래를 풀어달라는 취지의 글을 실었다. 그룹 회장님도 집행유예로 풀려나신 마당에 그 불쌍한 동물이 무슨 죽을죄를 지었는지 모르지만 더 늦기 전에 제발 풀어달라고 호소했다. 그러자 놀랍게도 이틀 만에 방류 결정이 내려졌다. 개인적으로 연락받은 게 없어 내 글이 어떤 역할을 했는지는 알 수 없으나 말 몇 마디로 천냥 빚이라도 갚은 듯싶어 뛸 듯이 기뻤다.

1999년 4월 이미 '물 건너갔다'는 주변의 만류에도 나는 김대중 대통령께 동강댐 건설을 멈춰 달라는 시론을 썼다. "환경은 역사적 유물과 달리 우리가 다음 세대에게 잠시 빌려 쓴 후 돌려줘야 하는 것이다. 대통령님께 손자와 함께 동강에 한번 다녀오실 것을 권유한다"고 썼는데 첫 삽 뜰 준비까지 마친 건설 계획이 전면 백지화되었다. 이 뜻밖의 쾌거로 나는 학자의 삶과 더불어 환경운동가의 길을 걷게 되었다.

신문에 글 몇 줄 쓴다고 모든 일이 해결되는 것은 물론 아니다. 이명박 대통령의 '4대강 사업'을 막아보려 얼마나 많은 글을 썼는지 기억조차 나지 않지만 끝내 그 거대한 '삽질'로부터 흰수마자와 꼬마물떼새를 구해내지 못했다. 마치 나의 귀국을 기다렸다는 듯 시작된 국립자연사박물관 건립 계획은 20여 년이 흐른 지금도 여전히 길 잃은 미아 신세이며, 통째로 보전하지 않으면 희망이 없다고 아무리 부르짖어도 DMZ는 하릴없이 야금야금 무너져 내린다.

어느덧 논객으로 살아온 나날이 20년을 훌쩍 넘었다. 어떤 이는 논객 행위를 '지적질'이라며 비아냥거린다. 안 그래도 요즘 지적질하기가 예전 같지 않다. 내 시위를 떠난 화살이 언제 어떻게 되돌아와 내 심장을 후벼 팔지 아무도 모른다. 그래도 롯데월드처럼 나의 막무가내 지적질을 긍정적으로 받아들이는 선진 기업이 있어 글 쓰는 보람이 있다.

상은 이렇게 두면 안 된다고 생각했습니다. 그래서 '이거 안 된다. 풀어달라'는 의미에서 글을 썼지요. 어떤 의미에서는 롯데 측에서 조금 뜨끔할 만한 제목도 붙였습니다. '집행유예.'

그 무렵 롯데 회장이 집행유예로 풀려난 일이 있었지요. 잘못한 일이 있어도 집행유예로 풀려나는 걸 보면서 집행유예라는 게 그런 대단한 사람들에게는 그렇게 큰일도 아닌 것 같았습니다. 그래서 칼럼에 이렇게 썼어요. "회장님도 집행유예로 풀려나와 업무를 보고 있는데, 벨라가 무슨 큰 죄를 지었는지 모르지만 집행유예로라도 풀어달라"고요. 그 글이 10월 22일 신문에 실리고, 2~3일 정도 지나서 롯데에서 풀어주겠다고 공식 선언을 했습니다. 그 말이 너무 반가웠죠. 아마도 신문에 글 쓰는 사람 중 저 같은 경험을 한 사람은 그리 많지 않을 것 같아 일주일 후인 2019년 10월 29일자 신문에 '글 쓰는 보람'이란 제목으로 글을 썼습니다.

신문에 글 쓰는 사람을 흔히 논객이라고 합니다. 그리고 어떤 사람은 논객이 하는 일을 전문용어로 '지적질'이라고 표현하죠. 자기도 제대로 못하면서 남이 하는 일, 특히 정부나 기업이 하는 일은 다 잘못됐다고 지적한다는 건데, 지적을 아무리 해도 그게 효과가 있다는 법은 없습니다. 신문에 글을 쓰는 사람은 끊임없이 지적하는데 그렇다고 세상이 쉽게 바뀌는 게 아니거든요. 그런데 불과 며칠 전에 제가 쓴 글을 롯데에서 읽었는지는 알 수 없지만 저로서는 그렇게 생각할 여지가 있을 만큼 풀어주겠다 선언하니 정말 글 쓰는 보람을 느꼈습니다. 사실 자기 기명 칼럼이 아니면 하기 힘든 일이었어요. 아무리 기명 칼럼이라도 신문사에서 뭐 이런 글을 쓰느냐 했을 겁니다. 하여간 저는 허락을 받았고, 2주에 걸쳐 그 주제에 대해 글을 썼지요. 롯데 측은 2019년 10월 말에 대국민 약속을 했으나 현재 벨라는 여전히 수족관에 있습니다. 과연 이것을 어떻게 받아들여야 할까요. 전 이건 용서할 수 없는 일이라고 생각합니다. 있을 수 없는 일입니다. 진작에 풀어줬어야 합니다.

벨라와 함께 수족관에 있었던 두 마리 벨루가의 사인

죽고 나면 부검도 하고 조사를 하지만, 벨루가의 사인을 명확히 밝히는 건 쉽지 않습니다. 다만 짐작 가는 것들이 있어요. 벨루가는 주로 북극해에 사는 고래입니다. 물론 북극해에 살지만, 1년에 멀면 수천 킬로미터를 이동하면서 삽니다. 러시아 오호츠크해나 일본 홋카이도까지는 벨루가들이 수시로 왔다 갔다 하죠. 기록을 보면 우리나라 동해에도 몇 차례 왔다 간 것으로 되어 있습니다. 그만큼 먼 거리를 이동하는 동물이라는 말입니다. 그러니 좁은 수조에 가둬놓으면 얼마나 답답하겠습니까. 게다가 벨루가는 통상적으로 수심 20m 정도를 자유롭게 위아래로 움직이면서 생활하는데, 롯데 수족관 깊이는 7.5m에 불과해요. 때로는 500m 수심까지도 들어갑니다. 그런 벨루가를 7.5m 수조에 가둬놓는 것은 마치 접시에 얹어놓은 것과 같아요. 말도 안 되는 상황이고, 거기서 살아남은 것이 신기한 일입니다.

벨루가는 고래 중에서도 특히 수줍은 성격의 고래로 알려져 있습니다. 그런데 아쿠아리움에는 마땅히 숨을 데도 없어요. 완전히 투명 유리로 되어 있는 납작한 접시에 담아서 내놓은 것이나 다름없습니다. 게다가 우리나라 관람객들이 다소 극성스러운 편인데, 벨루가가 보이지 않으면 유리를 두들기기도 하고, 가까이 오면 아이들이 달려와서 '와악!' 하고 소리도 지르니 벨루가 입장에서는 조용히 쉴 곳이 없어요. 수심도 얕고, 매 순간이 스트레스일 것입니다. 벨루가 두 마리가 일찍 죽을 수밖에 없는 환경이었다는 뜻입니다. 벨라는 어떻게 보면 참 생명력이 강한 동물이에요. 솔직히 벨라가 내일 당장 죽는다 해도 저는 놀라지 않을 것입니다. 언제든 죽을 수 있는 스트레스 상황에 계속 놓여 있는 것입니다. 당연히 하루라도 빨리 풀어줘야 합니다.

벨루가를 아이슬란드로 옮기기 위한 과제

벨루가 훈련소가 해외에 있어서 당장 풀어주는 게 현실성이 없다는 말은 일부 맞는 이야기입니다. 제돌이를 기억하나요? 우리는 제돌이와 그의 친구들을 제주 바다에 풀어줬습니다. 제돌이와 친구들은 원래 제주 바다에 살던 아이들이에요. 그런데 그들을 잡아 수족관에서 돌고래쇼를 시키다가 그 행위가 불법이라는 것이 밝혀졌고(수산업법 농림수산식품부 고시에 따르면 남방큰돌고래는 포획이 금지되어 있다), 당시 시민단체와 학계가 참여한 위원회에서 돌려보내기로 결정해서 돌려보낸 것입니다. 그 경우에는 원래 살던 서식지로 돌려보내는 거니까 충분히 잘 살 것이라는 기대를 가질 수 있었어요.

그렇다고 해서 돌려보내자 했을 때 우리가 '그럽시다' 하고 바로 데려다 물에 넣은 것은 아닙니다. 서울대공원 수족관에서도 적응 훈련을 계속했어요. 근육 밀도까지 재가면서 적응 과정을 거쳤고, 살아 있는 물고기를 잡아먹도록 훈련시켰죠. 그동안 죽은 물고기 토막을 먹던 아이들이었으니까요. 바깥세상에 나가면 스스로 물고기를 잡아먹어야 하기에 그것도 훈련시키고, 그런 다음 비행기에 태워서 제주도로 데려가 제주 앞바다에 그냥 풍덩 떨어뜨려서 '잘 살아라'라고 한 게 아닙니다. 항만 내 파도가 심하지 않은 곳에 가두리를 마련해 그 속에서 몇 달 동안 제주 바닷물에 적응하는 훈련을 시키고, 매일 아침 새롭게 잡은 물고기를 가두리에 풀어줘 제주 물고기를 잡아먹는 걸 또 훈련시켰습니다. 그 후 다시 파도 치는 바다로 가두리를 끌고 나가서 거기에서 적응 훈련을 했는데, 그러는 동안 바깥에 있는 돌고래들이 수시로 찾아와서 그물을 사이에 두고 서로 만날 수 있도록 했어요. 굉장히 치밀한 계획 아래 과학적인 절차를 밟아서 풀어줬고, 아마 그래서 지금 다 잘 살고 있는 것일 겁니다.

그런데 벨루가 상황은 어떤가요. 이 아이들은 제주도에 풀어줄 수가 없습니다. 제주도 남방큰돌고래 서식지에 풀어주면서 '가능하면 함께 잘 지내라'고 할 수 있는 일이 아니에요. 벨루가가 동해에 나타난 적이 있습니다. 그렇다고 동해에 풀어주면 알아서 북극해까지 갈 수 있을까요? 그렇지 않을 겁니다. 어느 날 동해에 그 친구들이 올 때까지 기다렸다가 같이 가라고 풀어줄 수도 없습니다. 그래서 외국의 협조가 필요한데, 그럴 만한 나라가 몇 안 돼요. 그중 제일 유력한 나라가 아이슬란드지만, 아이슬란드에서도 한동안은 어렵다고 밝혔습니다. 사실 그들도 준비가 필요하지 않을까요. 그러다 최근 들려온 얘기로는 돌고래를 풀어주는 전문가가 있다는 것입니다. 릭 오베리(Ric O'Barry, 동물 권리 운동가)라는 사람인데, 우리가 남방큰돌고래를 풀어줄 때도 와서 도움을 줬던 사람입니다. 그의 말에 따르면 아이슬란드에서 도움을 줄 수 있다고 해요. 그럼에도 불구하고 왜 아직 풀어주지 않는 것일까요?

물론 아이슬란드까지 벨루가를 옮기는 일이 쉽지는 않습니다. 우리도 제돌이를 풀어줄 때 서울대공원에서 무진동 트럭에 싣고 인천 바다로 가서 배에 태워 제주까지 가는 방법을 택했어요. 그 좁은 공간에서 거의 움직이지도 못할 정도로 제돌이를 넣어놓고, 옆에서 지켜보며 계속 물을 뿌려줘야 해요. 이상 상황을 대비해 수의사도 옆에서 대기하고 있어야 합니다. 이동 중에 죽는 경우가 참 많아요. 대부분은 쇼크사입니다. 돌고래 입장에서는 이 상황을 이해 못 하고 '내가 지금 붙잡혔구나! 어떻게 해야 하지!' 그러면서 격하게 반응하다가 다치거나 쇼크사하는 일이 많아요. 그래서 이동 시간을 줄이는 것이 매우 중요합니다.

우리가 제돌이를 옮길 때도 아시아나항공에 부탁해서 아시

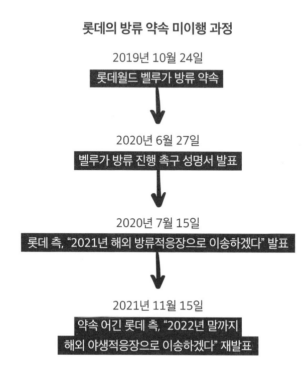

롯데의 방류 약속 미이행 과정

2019년 10월 24일
롯데월드 벨루가 방류 약속

2020년 6월 27일
벨루가 방류 진행 촉구 성명서 발표

2020년 7월 15일
롯데 측, "2021년 해외 방류적응장으로 이송하겠다" 발표

2021년 11월 15일
약속 어긴 롯데 측, "2022년 말까지
해외 야생적응장으로 이송하겠다" 재발표

아나 측에서도 경비의 절반만 받고, 우리는 모금을 진행해서 비행기로 이동했습니다. 공항에서 태우면 제주까지 한 시간도 안 걸려요. 그럼 거기서 또 무진동 트럭에 태워 제주 바닷가로 가서 보트로 이동하는데, 이 과정이 보통 어려운 일이 아닙니다. 제주 바다까지 가는 과정도 이렇게 힘들었는데 벨라의 경우 아이슬란드까지 가야 해요. 비행기로 간다고 해도 열 몇 시간이 걸릴 테니 결

코 쉬운 일은 아닙니다. 하지만 방법이 없는 것도 아니에요. 제가 보기에는 롯데 측에서 자꾸 핑계를 대는 것 같습니다. 2019년 10월에 풀어주겠다고 대국민 약속을 했으면 어떻게든 방법을 찾아야 하는데, 방법을 찾기보다는 핑계를 '찾는' 것처럼 보입니다. 개인적으로 매우 아쉽습니다.

방류 후 생존을 둘러싼 갑론을박

제돌이와 친구들을 놓아줄 때 가장 큰 이슈는 방류 후에 다치거나 죽으면 어떻게 하느냐 하는 것이었습니다. "멀쩡히 잘 보호받고 있는 아이를 왜 저 험한 곳으로 내보내느냐"라거나 "침팬지도 내보내고, 코끼리도 내보내지, 왜 돌고래만 내보내냐." 어이없게도 그런 질문이 기자회견 때마다 나왔습니다. 저는 화가 나서 "앞으로 이런 질문은 받지 않겠다. 내가 최종적으로 말하겠다. 방류 후 무슨 일이 벌어지면 내가 개인적으로 책임을 지겠다"고 선언해 버렸어요. 사실 제가 법적인 책임을 지고 감옥에 가면 되는 문제인지 잘 모르겠지만, 책임을 지겠다고 하며 기자들에게 질문을 던졌습니다. "여러분이 돌고래라면 어떻게 하겠냐"라고요. "야, 지금 우리가 너를 바다에 돌려보내려고 하는데 나가면 말이지, 거기가 좀 험악하거든. 옛날에 네가 거기 살 때 기억이 날지도 모르지만 보트에 부딪힐 수도 있고 상어에게 공격받을 수도 있어. 내 생각에는 나가지 말고 그냥 여기서 적당히 잘 살면 안 되겠냐" 이럴 건가요.

선택지는 두 가지입니다. 나갔다가 자칫 다쳐서 죽을 수도 있고, 아니면 그게 무서워서 평생 감옥에서 살 수도 있습니다. 기자들에게 그 결정을 물어본 것입니다. 만일 저라면 내일 나가서 죽는 한이 있어도 나갈 것입니다. 그것이 자유입니다. 자유는 큰 비용을 지불하고서라도 얻어야 하는 소중한 가치입니다. 돌고래에게 이 질문은 질문조차 아닐 거라 생각해요. 그러니 앞으로 이 질문은 더 이상 하지 않기로 합시다. 제인 구달 박사도 인간의 관점에서 문제를 보는 것은 옳지 않다고 했습니다. 돌고래의 관점에서 이 문제를 봐야 합니다. 설령 돌고래가 나가서 무슨 일이 벌어질지 상상하지 못하더라도, 여기서 생을 마감하는 것이 더 안전하다고 말하는 것은 옳지 않아요. 인간이 무슨 권한으로 그럴 수 있나요.

제돌이와 그 친구들까지 합해 모두 다섯 마리를 내보낼 때 그중에는 몸이 좀 불편한 아이도 있었습니다. 우리는 긴 토론 끝에 모두 보내기로 결정했고, 그 다섯 마리 모두 제주 바다에서 잘 살고 있습니다. 벨라가 나가서 살 가능성이 전혀 없다는 전제가 있지 않은 한 자유를 찾아주는 게 옳은 일이라고 봐요. 여러 가지 어려움이 있더라도, 벨라가 원래 누리던 자연에서 자유를 누릴 권리를 돌려줄 의무가 우리에게 있다고 생각합니다.

돌고래에게 수족관은 지옥과 같은 삶이다

돌고래는 돌려보내는 과정뿐 아니라 데려오는 과정에서도 많이 죽습니다. 그래서 현재 우리 눈앞에 있는 돌고래들은 운 좋게 살아남은 개체들이에요. 그렇기 때문에 고래류는 가두면 안 된다고 생각합니다. 벨루가는 빠르게 수영하는 고래가 아니에요. 우리가 흔히 아는 돌고래는 유영 속도가 매우 빠릅니다. 종류에 따라 차이가 있지만, 제주 바다에 서식하는 남방큰돌고래의 경우 하루에 적어도 100km 정도 이동합니다. 그런 돌고래를 고작 100m도 안 되는, 지름 50m 정도의 수조에 가둔다는 건 있을 수 없는 일이에요. 이는 마치 우사인 볼트를 작은 초등학교 교실에 가두는 것과 같습니다. 우사인 볼트가 그저 몇 발짝 뛰면 바로 벽에 부딪히는 상황입니다. 돌고래들은 수조 안에서 속도를 제대로 낼 수 없어요. 조금만 속도를 내도 앞에 벽이 있어 계속 맴돌 수밖에 없습니다. 벽을 피해 돌고 또 돌다 보면 한 자리에서 뱅글뱅글 도는 상황이 된다는 겁니다. 우리도 한자리에서 여러 번 돌면 어지러움을 느끼지 않나요. 수조 안에 있는 돌고래도 어지럽지 않을까요? 계속 한 방향으로 돌며 사는 것은 지옥 같은 삶입니다. 물론 작은 물고기나 해파리 같은 생물들에게는 수족관이 충분히 큰 공간이며, 그들은 빠르게 움직이지 않기 때문에 괜찮을지 모르지만, 남방큰돌고래와 벨루가에게는 결코 편안한 공간이 아닙니다.

방류 후 제주 바다에서 자주 보이는 제돌이

얼마 전 제돌이가 제주 바다에서 헤엄치는 영상이 올라왔습

벨루가는 통상적으로 수심 20m 정도를 자유롭게 위아래로 출렁거리면서
움직이는데, 롯데 수족관 깊이가 7.5m다. 20m를 자유롭게 움직여야 하고,
때로는 500m 수심까지도 들어간다. 그런 벨루가를 7.5m 수조에
가둬놓는 게 어떤 의미일까. 그건 접시에다 얹어놓은 격이다. 말도 안 되는
상황이고, 거기서 살아남는 게 신기한 일이다.

니다. 너무 좋았어요. 그런데 제돌이는 왜 제가 갈 때는 나타나지 않는지 모르겠습니다. 제주도에 여러 번 갔는데, "제돌아, 내가 왔다"라고 불러도 한 번도 나타나지 않더군요. 혹시라도 제돌이나 제돌이 친구들을 볼 기회가 있다면 저의 애틋한 마음을 꼭 전해주면 좋겠습니다. 정말 보고 싶어요.

방류 후 제돌이가 제주에서 자주 보이는데, 제돌이는 좀 독특한 사례입니다. 남방큰돌고래는 남아프리카 연안이나 호주 연안 등 세계 여러 곳에서 서식해요. 그러나 다른 나라에서는 남방큰돌고래를 바다로 방류한 후 다시 찾기 어렵습니다. 사실 돌고래 등지느러미에는 전파 추적(Radio tracking)기를 달아둡니다. 추적기에 배터리가 들어가는데 수명은 1년이 채 되지 않아요. 1년 후에는 다시 돌고래를 잡아서 배터리를 교체해야 하는데 이게 가능할까요.

2013년 제돌이를 풀어줄 때도 1년 동안은 배터리가 작동하니까 우리가 이걸 수시로 들여다볼 수 있었습니다. 제돌이가 어디에 있는지 확인했을 때, 종종 오호츠크해에 있는 것으로 나타났죠. 그러나 실제로는 제주 바다에서 활동하고 있었어요. 인공위성을 여러 대 동원하지 않는 한 오차의 범위를 줄이기 어렵습니다. 그래서 우리는 등지느러미에 숫자를 새겨서 개체 식별을 하기로 했어요. 적어도 우리가 확인할 수 있는 대부분의 제주 남방큰돌고래는 다른 곳으로 이동하지 않아요. 그들은 제주 바다 근처에서 계속 머물며 활동합니다. 이게 섬이다 보니까 거기에서 탈출

하면 굉장히 먼 거리, 아마 일본 해협을 건너가야 하는데, 이는 상당히 큰 결심을 필요로 하는 일입니다. 그래서인지 제주 바다에 있는 돌고래들은 거의 다른 곳으로 이동하지 않죠. 우리가 등지느러미 모양을 보고 확인할 수 있는 개체수는 120~130마리 정도 되는데, 매일같이 모든 개체를 확인하지는 못했지만, 자료를 통해 그들이 다른 곳으로 가지 않았음을 알 수 있어요. 그러다 보니까 가끔 제돌이도 만나는 것입니다. 다른 나라에서는 돌고래를 풀어주고 우리처럼 다시 만날 기회가 거의 없어요. 이러한 이유로 우리는 국제사회에 꽤 잘 알려져 있습니다. 돌고래를 방류한 뒤에도 모니터링이 가능한 거의 유일한 시스템을 갖추고 있어, 많은 나라 연구자들이 이를 부러워합니다.

돌고래 등지느러미에 숫자를 새겨야 하는 이유

돌고래 등지느러미에 숫자를 새기는 것을 학대라고 보는 의견이 있다는 것을 알고 있습니다. 바다에서 돌고래를 연구하는 사람들은 대부분 등지느러미의 모습으로 확인합니다. 사실 등지느러미의 모양이 다르다 해도 크게 차이 나지 않아요. 약간 찢어진 부분이나 탈색된 부분이 있는 정도의 차이일 뿐이죠. 그래서 사진을 찍어 실험실에 돌아와서 컴퓨터에 저장된 자료화면과 비교해 봐야 비로소 '아, 이 아이가 그 아이구나' 하고 알아보는 겁니다. 바다 현장에서 약간의 차이를 보고 '아, 저 아이구나' 하고 구별해 낼 수 있는 학자는 거의 없어요. 돌고래를 연구하는 사람들은 대부분 돌고래의 생리나 개체군 변동을 연구하는 경우가 많지만, 저처럼 돌고래의 사회행동을 연구하는 사람은 많지 않아요. 돌고래의 사회행동을 연구하려면 현장에서 누가 누구랑 어울리는지 알아야 합니다. 그게 안 되면 무지막지하게 많은 사진을 찍어서 나중에 실험실에서 자료화면을 보며 비교하고 분석해야 합니다. 그래서 우리는 돌고래 등지느러미에 번호를 새기기로 했습니다.

최근에 찍힌 동영상에서도 보면 돌고래 여러 마리가 물 위로 뛰어오르지만 제돌이는 그냥 보면 압니다. 1번을 달고 뛰어오르니까요. 제 꿈은 제돌이를 시작으로 130번까지 번호를 다 부여하는 것이지만, 그 시기가 언제일지는 모르겠습니다. 제가 은퇴하고 나서도 돌고래 연구를 계속하다 보면 언젠가 제주도에 있는 모든 돌고래가 등지느러미에 번호를 달고 다니는 날이 오지 않을까요. 그 과정에서 정말 힘들었던 게 너무 많은 사람이 동물 학대라고 주장한 점입니다. 사실 목장에서 말이나 소의 엉덩이에 낙인을 찍는 것은 불로 지지는 것이며, 이는 동물 학대가 맞습니다. 우리는 그렇게 하고 싶어도 할 수가 없어요. 물에 들어가야 하는데, 불로 지지고 나면 덧나기 때문이죠. 외국 학자가 개발한 방법으로 드라이아이스를 사용하면 통증도 거의 느끼지 않고 탈색만 됩니다. 물에 들어가도 염증이 생기지 않습니다. 그걸 열심히 설명했는데 시민단체 대표들이 탈색시키는 건 자연스럽지 않다고 하더군요. 어떤 사람은 이렇게 말했어요.

"교수님도 어디 가서 바위나 나무에 자기 이름 새기는 것을 좋아하지 않으시잖아요."

저는 나무에 자기 이름 새기는 거 좋아하지 않습니다. 다만 과학을 위해 그 정도는 해도 되지 않을까요. 이 부분을 설득하는 데 많이 힘들었습니다. 또 절대로 설득 안 당하겠다는 사람은 그냥 위원장 권한으로 퇴출시키면서까지 관철했습니다. 지금도 번호 달고 있는 애가 몇 마리 안 돼요. 저는 아직 그 꿈을 포기하지 않았어요. 130번, 150번 돌고래를 볼 날을 기대합니다.

롯데 측의 약속

저는 평소에 거친 표현을 쓰는 사람이 아닙니다. 그런데 이 주제에 대해 얘기하면서 자제하려고 굉장히 애를 쓰고 있습니다. 심지어 억울하다는 생각까지 들어요. 전 국민이 보는 칼럼에서 나는 롯데라는 기업을 칭송했습니다. 기업이 이런 결정을 내렸다는 것에 감동했기 때문이죠. 이제는 소비자들이 기업을 어떻게 바라보느냐가 기업 이미지와 매출에 절대적인 영향을 미치는 세상이기 때문에 이러한 결정은 매우 중요합니다. 저는 거침없이 참 좋은 기업이라고 신문 칼럼에까지 쓰고 공개적으로 고마움을 전했는데, 5년이 훌쩍 지난 지금까지도 왜 약속을 이행하지 않는 건지 답답합니다. 롯데 측에서 공개적으로 진심 어린 사과를 하고 명확한 답을 해야 한다고 생각합니다.

벨라는 지금 제대로 된 삶을 살고 있지 않습니다. 접시 물에

간신히 얹혀 있는 삶을 살고 있어 언제 수명을 다할지 몰라요. 만약에 벨라가 함께 들어왔다가 먼저 떠난 두 친구와 같은 운명으로 목숨을 잃는다면 저는 절대로 용서하지 않을 것입니다. 제가할 수 있는 모든 역량을 다 동원해서 규탄할 것입니다. 아마도 저와 뜻을 같이하는 사람이 매우 많을 거라 생각해요. 이것은 기업차원에서 상당히 심각하게 고민해야 할 일입니다. 물론 벨라를 아이슬란드까지 데려가는 것은 상당히 힘든 여정입니다. 하지만그것은 이미 결심한 바이고, 그 과정에서 벌어질 수 있는 위험은우리가 같이 감수할 것입니다. 더 중요한 건 대한민국은 이미 돌고래를 바다에 풀어준 경험이 있는 나라라는 사실입니다. 대한민국은 세계 어느 나라보다도 확실하게 성공한 경험이 있는 나라이기 때문에 기술 부족이나 신뢰 문제로 못 한다는 것은 변명일 뿐이에요. 물론 롯데 담당자들에게도 나름의 어려움이 있을 것입니다. 그럼에도 불구하고 2019년에 했던 약속을 하루빨리 이행해주기를 진심으로 기대합니다.

매우 이례적이었던
최재천 교수님의 촬영 제안

언제나 한 해를 마감할 때면 기대 반 아쉬움 반 많은 생각이 교차한다. 내년을 생각하기도 하지만 올 한 해를 되돌아보며 여러 상념에 젖어들곤 한다. 그래서 연말은 새로운 일을 추진하기보다 조금은 쉬어가는 쉼표 같은 시기이기도 하다. 그즈음에 이례적으로 교수님 메일이 찾아왔다. 심지어 방송으로 제작하자고 먼저 제안하는 메일이었다. 짧은 단문이 일상적이었던 교수님 메일이 유례없이 장문에 많은 첨부 영상과 기사까지 있어 무슨 일인가 싶었다.

찬찬히 읽어보니 내용은 더 충격적이었다. 벨루가가 롯데월드 아쿠아리움 수족관에 갇혀 있는데 풀어주겠다고 공헌한 기업이 약속을 지키지 않는다는 내용이었다. 많은 일정들로 시간에

쫓기는 교수님 입장에서 방송 기획까지는 여력이 안 되는 상황임에도 먼저 제안을, 심지어 기업이 약속을 지키지 않으니 약속을 이행하라는 방송을 제작진에게 제안한 것이다.

시기가 시기이니만큼 조금 주저되는 부분이 있었지만 반대로 생각하니 교수님의 의지가 얼마나 확고한지 알 수 있는 대목이었다. 촬영을 결정하고 제작진도 관련된 내용과 과거 기사를 찾아보기 시작했다. 자료를 들여다보고 내용을 알면 알수록 우리도 교수님과 비슷한 마음이 들기 시작했다. 벨루가가 어떤 이유로 롯데월드 수족관까지 오게 되었는지 알 수 없었고, 그 괴로운 아이를 풀어달라고 교수님 이름을 내건 고정 칼럼에 이례적으로 촉구하는 글을 썼고, 그것이 촉발제가 되었는지는 알 수 없지만 곧바로 기업에서 풀어주겠다고 공식화한 것이다. 그러자 교수님은 또다시 이례적으로 그 기업을 칭찬을 넘어 찬양하는 공개 칼럼까지 실었다. 그런데 그 벨루가가 아직도 몇 년째 롯데월드 수족관에서 살고 있다. 아니 갇혀 있다.

드디어 촬영일. 평상시와 촬영 분위기는 다를 수밖에 없었다. 공기의 온도마저 달랐으니까. 비장한 얼굴로 촬영은 시작되고, 평소의 온화하고 따뜻한 어조는 어디 가고 단호한 말들이 이어졌다. 그 분위기에서 제작진은 숨도 제대로 쉬지 못한 채 이야기에 빨려 들어가 벨루가와 만나고 있었다. 촬영은 물론 편성도 통상적인 범주와 다르게 결정되었다. 문제는 섬네일과 제목. 롯데라는 특정 기업을 언급할 것인가 말 것인가로 첨예하게 의견이 대립했다. 그런데 과연 기업을 특정하지 않고 교수님이 말하고자 하는 뜻과 의미가 제대로 부합할까 고민하다가 넣기로 했다. 처음엔 주저했지만 이 방송으로 말미암아 기업에서도 약속을 스스로 깨는 것이 아니라(여론이 잠잠해지기를 기다리며 모른 척 넘기는 것 또한 약속을 깨는 것과 다르지 않으니까) 약속 이행을 촉구하려면 우리가 먼저 용기를 내야겠다고 결정한 것이다.

제목은 우리에게도 익숙한 표현인 "역사를 잊은 민족에게 미래는 없다"를 반영해 "약속을 잊은 기업에게, 미래는 없다"로 했다. 과거의 역사를 잊으면 안 된다는 본래의 뜻도 함께 내포되길 원했던 타이틀이었다.

예전에 교수님이 기명 칼럼에서 공개 서한 느낌으로 공개했듯 방송에서도 공개적으로 약속을 이행하라고 마무리되었다. 하지만 지금 이 순간에도 벨라는 수족관에 갇혀 있다. 🌀

〈최재천의 아마존〉
해당 영상 보기

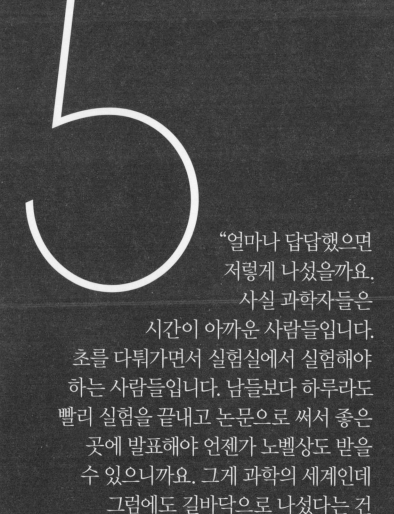

5

"얼마나 답답했으면
저렇게 나섰을까요.
사실 과학자들은
시간이 아까운 사람들입니다.
초를 다퉈가면서 실험실에서 실험해야
하는 사람들입니다. 남들보다 하루라도
빨리 실험을 끝내고 논문으로 써서 좋은
곳에 발표해야 언젠가 노벨상도 받을
수 있으니까요. 그게 과학의 세계인데
그럼에도 길바닥으로 나섰다는 건
상황이 정말 심각하다는 뜻입니다."

"과학자들의 절박한 외침"

실험실을 떠나 시위 현장으로 향한 과학자들

5

과학자들이 시위에 나선 이유

2022년 4월 1000명이 넘는 과학자들이 거리로 나섰습니다. 환경과 기후 위기의 심각성을 알리기 위해 전 세계 26개국에서 과학자들이 동시에 시위에 참가한 것입니다. 곳곳에서 시위가 격렬하게 진행되었어요. 이들이 얼마나 답답했으면 시위에 나섰을까요.

코로나19 관련해서 강연을 할 때면 저는 이런 이야기로 말문을 엽니다. 우리나라에서는 2020년 초, 중국에서는 2019년 말에 코로나가 발생했는데, 감염자가 증가하자 정부는 강력한 대응에 나섰습니다. 물론 상황이 심각하기도 했지만 방역당국이 사용하는 용어 자체가 지나치다는 생각이 들었어요. 가령 이 바이러스를 박멸해야 한다, 바이러스를 섬멸하고 퇴치해서 이 사태를 빨리 종식해야 한다는 식이었습니다. 하지만 인류 역사상 바이러스를 완전히 이겨낸 적은 없어요. 자연을 연구하는 저 같은 사람의 시각에서는 그러한 접근으로는 문제가 해결되지 않을 것 같았습니다. 그래서 공존을 강조하다가 처음에는 정말 많은 비난을 받았어요.

물론 감염내과 의사들 입장에서는 어쩔 수 없는 면이 있습니다. 그들은 방역해야 하는 위치에서 바이러스와 정면으로 맞서 싸울 수밖에 없죠. 저처럼 자연을 연구하는 생태학자와는 시선이 다를 것입니다. 그러나 이 문제는 인간의 관점과 바이러스의 관점, 양측에서 모두 바라봐야 합니다.

강연을 할 때도 이 문제는 생태학적으로, 진화학적으로 통찰할 필요가 있다는 의견을 피력하면서 시작했습니다. 우리나라 청중은 대체로 강연 중에 질문하는 경우가 거의 없어요. 강연이 끝나고 나서 질문하라고 해도 눈을 맞추지 않고 피하는 게 보통인데, 이때는 강연을 시작한 지 10분도 안 돼서 손을 들고 질문하는 사람이 있었지요.

"교수님, 코로나19도 기후변화 때문에 일어난 일입니까?"

저는 그 질문이 솔직히 반가웠습니다. 반가웠다고 말하는 게 좀 민망하긴 한데 솔직히 그랬어요. 대중 강연에서 기후변화의 심각성을 이야기하며 때로는 "이러다 우리 모두 멸종할 수 있습니다"라고 강하게 말해도 지난 10여 년 동안 달라진 게 없었기 때문입니다. 사람들은 별 일 없다는 듯이 살아가요. 아무리 위험하다고 온갖 자료를 들이대며 설명해도 주의 깊게 듣는 것 같지 않았습니다. 참 마음이 답답했죠.

그러다 코로나19가 발생하자마자 그런 질문을 받게 되어 내심 반갑지 않을 수 없었습니다. '아, 모르는 건 아니구나, 아직 구체적으로 행동으로 옮기지 않았을 뿐 기후위기의 위험성을 어느 정도 깨닫고 있구나' 싶었죠. 그렇게 코로나19라는 엄청난 재앙으로 인해 사람들이 기후위기에 대해 조금은 자각하는가 싶더니, 코로나가 잦아들면서 사람들의 관심도 어느새 슬금슬금 사라져 가더군요. 또다시 이전처럼 어떻게 하면 돈을 벌고, 경제를 발전시킬까 하는 얘기로 돌아갔지요.

사실 과학자들은 시민운동에 익숙하지 않습니다. 과학은 학문 중에서 가장 정치적이지 않은 학문이라 할 수 있어요. 과학자들은 항상 객관성을 유지해야 하며, 확실한 증거 없이는 발언을 꺼립니다. 때문에 정치판에서 나오는 소리가 과학자들 귀에는 근거 없는 소리, 혹은 억지스럽게 들리기 십상입니다. 그런 사람들이 시위에 나섰다는 겁니다.

기업과 정부로 옮겨간 환경운동

시민운동의 역사를 놓고 보면 초창기에는 굉장히 조용하게 진행했습니다. 시민운동을 함으로써 다른 시민들이 생활에 피해를 입으면 안 된다는 생각 때문이었죠. 그런데 시간이 가면서 그

과학자들의 시위는 계속되고 있다. 과학자를 포함해 기후변화에 반대하는 10만 명의 사람들이 웨스트민스터에 모였다. 사진은 2023년 4월 22일 영국 런던.

런 식으로는 메시지가 쉽사리 전달되지 않는다는 것을 알게 됐어요. 예전에 미국에서 살 때 미국 지하철노조가 시위하는 걸 본 적이 있는데 밤 12시가 넘은 상황에서 지하철 한쪽 구석에서 조용히 시위를 하더군요. 지하철을 멈춰 세운다든가 사람들이 걸어다니는 보도에서 시위를 해서 불편을 주는 방식이 아니라 그저 조용히 '우리가 시위를 한다, 우리 요구는 이러이러하다'는 걸 알리는 차원이었습니다. 대부분의 경우는 그렇게 해도 언론에서 취재해서 알려주기 때문에 소기의 목적을 달성하는 것이었습니다.

그런데 최근 미국이나 유럽에서 시위가 격렬해지는 양상을 띠고 있어요. 어떤 의미에서는 시민들 사이에도 의견이 갈립니다. 시위로 인해 일상에 피해를 보기 때문에 시위를 반대하는 사람도 있고, 지지하고 싶지만 생활의 불편함 때문에 참여하지 않는 사람도 있습니다. 시위가 자꾸 격렬해지는 이유는 그만큼 요구가 전달되지 않기 때문이겠죠. 시위를 통해 시민들을 상대로 여론을 조성하고자 하는 취지도 있는데, 그 역시도 한계가 있다는 것을 알게 된 것입니다. 현재의 시위는 대부분 기업이나 정부를 대상으로 진행됩니다. 문제를 일으킨 대상이거나 그 문제를 해결해줄 수 있는 당국을 상대로 직접적인 시위를 하게 된 것이죠. 확실히 예전처럼 운동가를 부르면서 거리를 평화스럽게 행진하고, '우리는 이런 걸 원한다'는 메시지를 전달하는 정도의 시민운동은 아닌 것 같습니다. 한때 다른 어떤 나라보다도 격렬했던 우리나라의 시위는 촛불혁명을 계기로 상당히 차분해진 것 같아요. 이제는 오히려 서양의 언론들이 우리 시위가 훨씬 민주적이라는 평가를 내놓고 있습니다.

피살 위협을 받는 환경운동가들

과학자들 역시 객관적인 증거를 제시하며 기후 위기의 심각성을 이야기해도 사람들이 귀 기울이지 않자 시위에 나설 수밖에 없게 된 것 같습니다. 그런데 최근 과학자나 환경운동가들 중에는 시위를 하다가 심각한 부상을 입거나 생명을 잃는 일도 있습니다. 환경운동의 핵심 지도자들이 암살당하는 일이 발생하고 있어요. 더욱이 환경 분야에서 뛰어난 업적을 세운 환경운동가에게 수여하는 골드먼환경상(The Goldman Environmental Prize, 환경 분야에서 뛰어난 업적을 세운 풀뿌리 환경운동가에게 수여되는 세계적인 상)을 받은 이들 중에도 목숨을 잃는 일이 있었습니다. 이런 위협이 발생하는 이유는 무엇일까요. 환경 문제는 사실 여러 복합적인 요소가 작용해서 쉽게 단정할 수는 없습니다.

한국에도 대표적인 환경운동가를 꼽으라면 환경재단의 최열 이사장을 들 수 있습니다. 최열 이사장은 한국공해문제연구소를 만들며 시민운동에 뛰어들어 그동안 참 많은 일을 한 분이죠. 이 공로를 인정받아 시민운동가, 환경운동가들에게 '노벨상'이라 불리는 골드먼환경상을 수상했습니다. 하지만 최열 이사장은 그 후에도 옥살이를 했어요. 이런 시위들로 인해 불편해지는 조직 혹은 정부에서 환경운동가들을 탄압하는 것이 아닐까 싶습니다. 핵심 인물이라는 구심점이 사라지면 환경운동 또한 활력이 떨어질지 모르지만, 그러한 방법으로 환경운동을 잠재울 수는 없습니다.

저도 한동안 환경운동연합의 공동대표를 지낸 적이 있어요. 그때 이명박 대통령이 4대강 사업을 벌이는 바람에 격렬하게 반대운동을 했습니다. 그런 와중에 우리의 몇 가지 잘못을 꼬투리 잡아서 임기를 다 못 채우고 내려왔어야 했는데 상황이 참 어려웠던 기억이 나요. 당시 이명박 대통령은 후보 시절 한반도 대운하사업을 공약으로 내세웠습니다. 이 좁은 땅덩어리에서 부산에서 배 타고 목포를 돌아 인천까지 오면 금방인 데다, 바다로 가는 배가 크기도 훨씬 클 텐데 기필코 태백산맥을 뚫고 산꼭대기에 운하를 만들겠다는 것이었죠. 물이 산을 넘어갈 수 있는 것도 아니고, 물을 채우고 배를 띄우는 작업을 반복하며 운하를 만들면 부산에서 서울까지 이틀 넘게 걸릴 텐데, 작은 배를 가지고 그렇게 할 이유가 없지 않을까요. 그래서 격렬하게 반대했더니 어느 날 이걸 4대강 사업으로 재포장해서 들고 나왔습니다. 운하는 못 만들었지만 핵심은 4대강 사업 안에 다 들어 있었어요. 우리나라 대표 강들을 다 연결하겠다는 것이었습니다. 이 사업은 생태학적으로 도저히 용납할 수 없는 일이었습니다.

2008년 프레스센터에서 연설할 기회가 있었는데, 저는 그 어느 때보다 격앙된 어조로 연설을 했습니다. 저는 평소 비교적 온화한 성품인 데다 논문 쓰고 책 쓰고 강연하는 학자인데 그런 사람이 왜 그렇게까지 했어야 했을까요. 마음이 너무 급했어요. 이 일을 그냥 놔두면 멀쩡한 강들을 연결할 텐데, 그럼 그 안에 사는 물고기, 수생생물이 한꺼번에 다 섞이고 말 텐데 그 엄청난 생태 파괴를 그냥 지켜볼 수는 없지 않습니까. 향후 진화 과정을 뒤섞어버릴 수도 있는 일입니다. 그날 프레스센터가 떠나가라 쩌렁쩌렁 울리는 강한 어조로 10분간 연설을 했던 일은 제 인생에 딱 한 번 해본 '정치적' 경험이었습니다. 그래서 과학자의 반란에 참여한 해외 동료 과학자들의 심정이 충분히 이해됩니다.

환경과 경제의 상관관계

환경 문제는 너무 많은 복합적인 요소가 한꺼번에 작용하는 문제라 해결하기가 쉽지 않아요. 세상의 다른 일들은 비교적 요인이 단순하고, 우리가 어느 정도 조정할 수 있는 문제들입니다. 사실 과학자들이 과격한 시위에 나서기 꺼려하는 이유 중 하나는 과학 자체가 어떤 문제를 100% 파악하기가 쉽지 않기 때문입니다. 4대강 문제만 해도 과학자들의 의견이 엇갈려요. '이렇게 하면 이런 일이 발생한다'는 식의 인과관계를 명확히 찾아내는 게 쉽지 않다 보니 논쟁의 여지가 있습니다. 그럼에도 불구하고 과학자들이 나설 수밖에 없는 이유는 정부 혹은 기업이 사업을 추진하기 위해 본인들에게 유리한 논리만 채택하기 때문입니다. 그러면 과학자들과 환경단체에서는 그 정책을 시행할 경우 어떤 문제가 발생할 수 있는지 미리 알려서 경각심을 주고, 좀 더 주의 깊게 이 사업을 진행하면 좋겠다고 의견을 개진하는 것입니다.

환경시위를 하는 사람이라고 해서 모든 것을 반대하는 것은 아닙니다. 이들도 경제 활동을 하는 사람들이에요. 물론 환경운 동가 중에 자연으로 돌아가자는 수준으로 주장하는 사람도 있지 만 극히 일부예요. 대부분의 환경운동가들은 자동차를 몰고 다 니고, 집에서 냉난방도 하고 전자제품도 사용합니다. 그들의 주장 은 '이건 절대 안 된다'가 아닙니다. 경제 발전에는 불가피한 면이 있다는 걸 인정하면서 여러 조건을 살펴 최대한 환경에 피해를 주 지 않는 방향으로 해결하자는 것이죠. 그래서 과격해질 필요가 없는데 상대가 얘기를 들을 준비가 안 돼 있고, 토론으로 합의를 끌어낼 가능성이 없다면 격렬한 시위로 이어지는 경우가 생기는 것입니다.

오래전 지율 스님이 도롱뇽을 살려보겠다고 단식투쟁을 한 일이 있었습니다. 그 자체만 놓고 보면 한낱 도롱뇽 때문에 사람 이 목숨을 담보로 저런 짓을 하냐고 말할 수도 있어요. 하지만 문 제는 한낱 도롱뇽이 아닙니다. 도롱뇽은 상징적인 존재일 뿐이고 무차별적 환경 파괴를 용납할 수 없다는 뜻으로 시위를 한 것입 니다. 물론 세월이 흐르고 결국 사업은 진행됐죠. 다소 진행이 늦 어졌을 뿐입니다. 많은 사람들은 저런 시위가 무슨 의미가 있었을 까 싶겠지만 그럼에도 환경 파괴를 걱정하는 사람들은 지율 스님 의 단식투쟁을 이해하고 응원합니다. 상황이 벌어지기 전에 함께 테이블에 앉아서 합의점을 찾아가는 노력이 있으면 좋겠는데, 여전히 정부 측에서는 빨리빨리 결정해서 끝내버리려는 경향이 너무나 많아요. 그게 아쉬울 따름입니다.

제인 구달과 다이앤 포시

EBS에서 방영하는 〈위대한 수업〉은 세계적인 인물들을 초대해서 이야기를 청해 듣는, 참 유익한 프로그램이라고 생각합니다. 최근 제인 구달(Jane Goodall) 박사편이 몇 차례에 걸쳐 방영이 됐죠. SNS를 보니 구달 박사의 이야기에 많은 사람들이 공감을 보이더군요.

"마음을 울리는 건 이야기입니다. 고집 센 사람들과 논리로 다투는 건 무의미해요."

구달 박사는 "나는 그런 환경운동을 하지 않았다. 격렬하게 시위하지 않고 대화를 했다"고 말했습니다. 그러면서 "이 환경을 지키고 싶어 하는 사람들이 격렬하게 시위를 하면 상대는 몸을 더 움츠릴 수밖에 없다"고 했어요. 상대측 입장에서는 환경운동가들에게 걸리면 문제가 심각해진다, 하면서 빠져나갈 구멍을 찾는다는 얘기입니다. 그것보다는 서로 공유할 수 있는 이슈를 가지고 그 사람들과 마주 앉아서 대화를 해야 한다고 했습니다. 그러다 보면 조금씩 가까워진다고.

그런데 뜻밖에도 우리나라에서 제법 격렬한 시위를 해왔던 사람들이 SNS에 "참 좋은 말씀이다"라고 반응을 보인 것이었습니다. 저는 구달 박사의 이야기를 들으면서 또다른 영장류 학자 다이앤 포시(Dian Fossey)가 생각났어요. 소위 영장류 학계의 3인방이라고 불리는 사람들이 있었습니다. 침팬지 연구의 제인 구달, 오랑우탄 연구의 비루테 갈디카스(Birute Galdikas), 그리고 고릴라 연구의 다이앤 포시가 그들입니다.

〈정글 속의 고릴라(Gorillas in the Mist)〉라는 영화에서 시고니 위버가 맡았던 역할이 다이앤 포시 박사입니다. 영화는 상당히 성공적이었죠. 다이앤 포시와 제인 구달 박사는 느낌이 참 달라요. 구달 박사가 온화한 편이라면 포시 박사는 남성적인 면모를 풍기는 연구자였습니다. 독주를 즐겨서 그런지 건강이 썩 좋지 않았다고 해요. 아프리카나 오지에서 연구를 하다 보면 당국, 그리고 현지인들과 관계를 잘 맺어야 하는데 다이앤 포시 박사는 소통하는 데 있어 다소 공격적이었다고 합니다.

저도 오랫동안 연구한 사람이고, 지금도 제 연구팀이 긴팔원숭이를 연구하기 위해 인도네시아 보고르 인근의 구눙 할리문 살락 국립공원에 가 있어요. 지역 주민은 물론 근처 대학, 정부 당국과도 잘 지내야 합니다.

다이앤 포시 박사는 눈에 거슬리는 게 있으면 타협과 협의를 하기보다는 "당신들 이렇게 하면 안 되는 거 아니냐"는 식으로 질타하고 가르치려 들다 보니 주변 사람들과 소통하는 데 애를 먹었죠. 그런데 포시 박사가 애정을 가지고 보살피며 연구하던 고릴라가 있었어요. 디지트(Digit)라는 수컷 고릴라인데, 한 가족을 이끄는 아빠 고릴라였습니다. 그런데 어느 날 디지트가 사체로 발견되자 포시 박사는 그 앞에서 통곡했어요. 밀렵꾼들이 자꾸 고릴라를 잡아가서 포시 박사가 그걸 못 하게 하려고 밀렵꾼들을 색출해 내며 다투곤 했습니다. 그러던 와중에 밀렵꾼들이 포시 박사에게 보복하기 위해 박사가 특별히 아끼던 디지트를 죽여 끔찍하게 유기한 상태로 포시 박사 거처 근처에 시위하듯 던져버리고 간 것입니다. 그래서 다이앤 포시 박사는 "가만두지 않겠다"고 전쟁을 선포했죠. 하지만 그 결과는 참혹하게도 다이앤 포시 박사 역시 밀렵꾼들의 손에 살해당하는 것으로 끝이 났습니다. 열대에서 주로 사용하는 큰 칼에 거의 난도질을 당한 수준이었어요. 정말 불행하고 안타까운 죽음이었습니다.

EBS 방송에서 제인 구달 박사의 말을 들으면서 생각했습니다. 어떤 방법이 옳고 그르다는 말을 하려는 것이 아닙니다. 제인 구달 박사는 고령의 나이에도 여전히 엄청난 영향력을 발휘하고 있어요. 언뜻 보면 조용하게 운동하는 것 같지만 실제로는 굉장한 영향력을 미치면서 전 세계 환경운동을 견인하고 있습니다. 제인 구달 박사는 환경 시위를 하는 방식에 대해서도 한 번쯤은 고민해 볼 필요가 있다고 말했습니다.

"지나치게 격렬한 시위가 그만큼의 도움이 되는 것은 아니라는 것쯤은 알아야 해요."

저 역시 제인 구달 박사의 영향을 굉장히 많이 받은 사람이니 생명다양성재단을 만들면서 선언했습니다. "우리는 환경운동을 하는 단체가 아니다. 환경 의식을 고취하고 교육하고 홍보하고 많은 사람들에게 자연을 사랑할 수 있는 마음을 갖게 하면 되는 거지, 전형적인 의미의 시위를 하는 단체는 아니다"라고요. 아마도 우리 재단이 재정적인 어려움을 겪은 것도 그런 이유가 한몫했을 것입니다. 때로는 격렬하게 부딪히는 단체에 후원금이 쏟아져 들어오기도 합니다. 어떤 사건의 중심에 있어서 많은 사람들이 이 단체를 도와야겠다, 그래서 도와주면 좋은 일입니다. 혹은 어떤 이슈를 정확하게 선점해서 후원이 필요하다고 요청하면 후원해 주기도 합니다. 여러 동물단체에서 우리에게 많이 충고했죠. 구체적으로 지금 어떤 동물을 빨리 도와야 하는지 알리면 많은 사람들이 후원해 준다고요. 우리는 저부터 대부분의 구성원들이 석사 이상을 마친 학자 출신이 많다 보니 문제의 핵심을 파악하고 근원적으로 이 문제를 풀어내기 위한 연구를 오래 해왔습니다. 조용히, 온화하게, 그러나 끈질기게 10년가량을 버텼더니 이제는 사정이 많이 좋아졌습니다.

이제는 함께 움직여야 할 때

때로는 조금 답답할 때가 있어요. 과학이 가치중립적이고 정치적이지 못해 답답한 게 사실입니다. 저도 약간은 위험한 줄타기를 하면서 사는 사람입니다. 호주제 폐지 문제만 해도 대부분의 과학자들은 나서지 않을 것입니다. 비난받을 가능성이 굉장히 많으니까요. 1년여가량 마음고생을 하다가 내린 결론은 이건 누구한 명이 욕을 먹고 안 먹고가 중요한 일이 아니라는 것이었습니다. 그래서 용기를 내서 헌법재판소에도 가며 분명한 목소리를 냈죠. 대운하·4대강 문제도 마찬가지고요. 제가 이 문제를 놓고 반대 의견을 가진 학자들과 끝장을 보자는 식으로 논쟁했다면 분명히 내 입에서 "선생님들 의견도 참 좋은데요, 하지만 우리 이런 문제도 생각해 봐야 되지 않겠습니까" 이런 식으로 토론했을 것입니다. 상대가 너무 일방적으로 밀어붙이니까 어쩔 수 없이 반론을 제기해야 하고, 또 그 방식이 격정적인 '웅변'으로까지 이어졌어요. 지금 와서 생각해 보면 내가 왜 그랬을까 싶기도 하고, 시위하다가 끌려가본 적은 없지만, 슬금슬금 그 경계를 맴도는 사람인 것 같기는 합니다.

저는 길바닥까지 나간 건 아니지만 제법 많은 사람들이 제 강연을 기꺼이 들어준다는 점에서 저 역시 중요한 이슈에 대해 끊임없이 목소리를 내며 사는 사람입니다. 때로는 제가 얘기하는 이슈들이 반대 진영에서 보면 굉장히 불편할 수도 있을 것입니다. 개인적으로 저를 비난하는 사람도 있겠지만, 그 정도의 탄압은 기꺼이 견뎌내고 있어요. 우리 과학자들은 이런 일 하고 싶지 않습니다. 그런데 그럴 수 없는 상황으로 자꾸 치닫는 현실이 안타까울 따름이죠. 기후위기만 해도 내일 당장 지구에 종말이 온다고 해도 아무도 변명하지 못할 상황에 이르렀다고 봅니다. 너무 답답한 마음에 강연 중에 제 목소리가 떨리기도 합니다. 제 강연을 듣다가 마음에 동요가 생긴다면 가만히 있지 말고 주변에 알려주기를 원합니다. 보다 많은 사람들이 문제를 이해하면 움직이기 시작할 것입니다. 이제는 우리 모두 행동으로 옮겨야 할 때가 왔다고 봅니다. 그냥 머릿속으로 '이거 심각한데. 그냥 있다가는 큰일 나겠는데', 그리고 말 일이 아니라는 거죠. 부디 주변에 알리고 동참해 주길 바랍니다.

　"보다 많은 사람들이 문제를 이해하면 상황은 달라지기 시작할 것입니다. 이제는 우리가 정말 행동으로 옮겨야 할 때가 왔습니다."

기후위기의 심각성을
전 세계가 알게 되다

　기후위기의 심각성을 알리기 위해 전 세계 1000명이 넘는 과
학자들이 동시에 시위를 벌인 사건이 발생했다. 과학자들에게 시
간은 그 무엇보다 소중한데, 그런 과학자들이 연구를 접어둔 채
시위를 하기 위해 거리로 나왔다는 것은 상당히 이례적일 수밖에
없다. 그만큼 상황은 심각했고, 이번 기회에 모두가 경각심을 갖
자는 의미가 컸을 것이다. 최재천 교수님도 코로나19 사태가 장기
화되고 상황이 심각해질수록 더욱 바빠지셨다.

　기후위기를 논하기에 앞서 우리 인간은 당장 눈앞에 펼쳐지
지 않은, 더 냉정히 이야기하면 당장 우리가 직접 피해를 입지 않
으면 심각성을 모른다는 생각을 떨쳐버릴 수 없다. 하긴 북극곰의
멸종 위기는 기후위기를 대변하는 대표 현상임에도 사기극이라

고 폄하하는 사람들이 여전히 많은 걸 보면 그리 놀라운 일도 아니다.

촬영을 하면서 처음 알게 된 사실인데 다이앤 포시 박사의 안타까운 죽음에 대해서는 마음이 참 아려왔다. 생각해 보면 지금 우리가 편하게 살고 있는 현대 사회는 자신의 피해를 감수하고 목숨을 걸고 일궈낸 피의 역사이기도 하다. 그들의 숭고한 희생과 대의를 위한 확고한 철학을 절대 잊어서는 안 된다. 밀렵꾼이나 무분별한 개발을 원하는 이들에게는 눈앞의 이익을 방해하는 학자가 문제를 공론화한다는 것이 꽤나 거북한 일일 것이다. 교수님이 늘 이야기하는 "알면 사랑한다"라는 표현은 어쩌면 숱한 치열한 시간 속에서 사랑을 실천하는 내용도 포함된 것일 수 있다. 사랑하는 것을 지키는 일은 많은 용기를 필요로 한다. ☕

〈최재천의 아마존〉
해당 영상 보기

"이제는 우리도 과감해야 합니다. 남이 하지 않는 연구를 먼저 치고 나갈 수 있게 실패하더라도 그런 연구를 뒷받침해 줘야 하는 시대가 된 겁니다. 대한민국의 연구비 상황에 획기적인 변화가 있어야 합니다."

"과학의 발전이
곧 대한민국의 경쟁력입니다"
한국 과학계의 현실과 미래

6

대한민국 미래를 위협하는 R&D 연구비 삭감

연구비를 박탈당한 적이 있습니다. 삭감이 아니라 박탈이죠. 삭감이라 하면 연구비가 줄어드는 것인데, 제 경우에는 연구비가 완전히 사라졌으니 삭감이 아니라 박탈, 정확히는 회수당한 것이 었습니다. 제 과거를 아는 사람이라면 알겠지만, MB 정권 시절 4대강 사업을 강력하게 반대하다가 대통령 눈 밖에 나서 고생을 자초했습니다. 이제 와서 하는 얘기지만 연구기관들에 제 연구비를 다 끊으라고 지시했다고 해요. 저는 졸지에 이런 사실을 통보 받았습니다.

당시 서울시에서 운영하던 서울시정개발연구원(현 서울연구원)이 있었는데, 이곳에서 과학 대중화를 위한 프로젝트를 진행했습니다. 우리가 흥미로운 제안을 했고, 그 덕에 연구비를 지원받았지요. 딱 1년이 됐을 때 중간 발표를 하러 다시 연구원을 방문했습니다. 사실 이 분야가 좁아서 알 만한 사람들은 대체로 다 아는데, 그날 심사위원 7명 중에는 단 한 명도 아는 얼굴이 없었습니다. 묘하다 싶은 것도 잠시, 이 사람들이 질문을 시작하는데 한결같이 트집 잡는 질문이었습니다. 저는 나름 열심히 답변했어요. 하지만 어떤 심사위원이 이미 제가 대답하는 과정에서 다 설명한 내용임에도 중복 질문을 하더군요. 답을 하려다 보니 이 판세가 이상하다는 느낌이 들었습니다. 그래서 물었습니다. 다들 미리 짜고 들어온 것 아니냐고요. 제가 설명한 부분에 대해서는 묻지 않고, 왜 하지도 않은 일과 발언에 대해 계속 반복적으로 질문하느냐고요. 갑자기 분위기가 조용해졌습니다. 그리고 며칠 후, 연구가 중단됐다는 통보를 받았지요. 3년짜리 프로젝트였는데, 더 이상 진행하지 않기로 했다는 것입니다.

사실 그 통보를 받기 이틀 전 《중앙일보》에 특집 기사가 실렸습니다. 서울시정개발연구원에서 진행하는 몇몇 프로젝트 중 눈여겨볼 만한 게 있다면서 일부를 소개했는데 우리 프로젝트가 포함됐습니다. 재미있고 흥미로운 프로젝트라고 기사가 나갔는데, 이틀 후 저는 더 이상 연구를 진행하기 어렵다는 통보를 받은 것입니다. 제가 서울시에 강력하게 항의해서 소명위원회까지 한 번 열렸습니다. 소명위원회는 제 사례만을 위해 새로 만들어졌고, 저는 거기 참석해 약 20분간 설명했습니다. 위원장도 잘 알아들었다고, 더 이상 얘기할 것도 없다고 해서 소명이 된 줄 알았습니다. 편안한 마음으로 나왔는데, 학교 연구실에 거의 다 왔을 무렵 전화를 받았습니다. 위원 중 한 사람이 복도에 나와서 하는 전화라고 하더군요. 상황이 너무 이상하게 흘러가 결국 소명이 받아들여지지 못했다고요. 시정개발연구원 측에서 거의 바닥에 드러눕다시피 하며 사정했다고 합니다.

"이건 절대 안 됩니다. 선생님들은 심사하는 거지만 우리는 직장이 걸린 문제입니다."

그 이후로 연구는 중단되었고, 연구비도 두 군데 정도를 제외하고 모두 끊겼어요. 다시 생각해도 참으로 있을 수 없는 일이었습니다.

연구비 중단

연구비가 끊기면 연구도 당연히 중단됩니다. 더 이상 연구를 진행할 수 없는 상황이 됩니다. 물론 정당한 이유가 있어서 연구를 못 하는 것이라면 받아들여야겠죠. 우리 연구 집행기관에서도 오랫동안 그런 제도를 채택한 적이 있습니다. 처음에 연구비를 쭉 지원하고 1~2년 되는 시점에서 심사한 후 하위에서 10% 수준의 연구는 탈락시키는 제도를 활용하기도 했습니다. 거기에 포함되면 그동안 해오던 연구는 그대로 끝나는 것입니다. 그런 정당한 평가에서는 그 상황 또한 받아들여야 합니다. 하지만 제 경우에는 오히려 잘하고 있다가 당했기 때문에 너무 억울했어요. 한편으로는 이 또한 학자들에게는 어쩔 수 없는 삶의 일부이기도 합니다. 자기 돈으로 연구하는 게 아니다 보니까요.

저는 다윈에 대해 언급할 때 이런 이야기를 가끔 합니다. 다윈은 연구비를 받아서 연구한 것이 아니라, 본인이 연구하고 싶은 만큼 자기 돈으로 연구한 사람이었습니다. 다윈은 연구를 시작하면 적어도 2~30년 정도는 계속했어요. 경제적으로 여유가 없는 학자라면 연구기관으로부터 연구비를 받아 연구를 하기 때문에 정해진 기간 내에 어떻게든 성과를 내야 합니다. 성과가 좋지 않으면 탈락하는 것은 어쩔 수 없는 운명입니다. 많은 연구자들은 그걸 받아들이면서 연구를 하고, 그래서 중간에 멈추게 되면 또 새로운 연구를 기획해서 시작합니다. 다윈은 그럴 필요가 없는 학자였습니다.

연구비는 기초과학을 지탱하는 필요불가결 조건

기초는 영어로 하면 파운데이션(foundation), 말 그대로 어떤 일을 떠받치는 토대라는 뜻입니다. 기초연구는 후속 연구를 지탱하는 토대가 되는 개념이기 때문에, 업적에만 치중하면 기초과학 연구가 제대로 이루어지기 어렵습니다. 그런데 기초과학 연구에서조차 너무 단기간에 성과를 제출하라는 압박을 받는 게 안타까워요. 기초과학 연구에서는 큰 비용을 들이지 않고, 작은 연구비를 연구자가 원하는 기간 동안 꾸준히 지원하는 것이 중요합니다. 많은 나라의 경우 연구비를 집행할 때 그런 융통성을 발휘

합니다. 큰 연구를 하는 사람들은 한 번에 큰 연구비를 받아야 하기 때문에 치열한 경쟁을 벌이고, 성공한 연구팀은 연구를 이어가고 탈락한 연구팀은 또 다른 연구에 도전해야지요. 기초 분야에 있는 사람들에게는 치열한 경쟁을 시키는 것이 아니라 할 수 있는 연구, 어느 정도의 연구를 지속할 수 있게 지원해 줍니다.

우리나라는 거의 모든 연구에 기간이 일괄적으로 정해져 있어요. 대부분의 경우 2년 혹은 3년 정도입니다. 우리 연구 재단에 연구 기간을 다양화해 달라는 제안을 한 적도 있습니다. 오랜 기간을 가지고 해야 하는 연구도 있기 때문입니다. 한때 잠시 그런 연구, 프로젝트가 활성화된 적이 있어요. 저의 제안으로 만들어졌다는 소문도 있었는데, 정작 저는 첫해 경쟁에서 떨어졌습니다. 한국연구재단은 저의 까치 프로젝트를 예로 들며 전국설명회를 다녔다는데 정작 저는 탈락했어요. 5년짜리 연구였는데, 저와 경합한 연구자들은 대체로 5년 내에 어떤 업적을, 어떤 성과를 내겠다고 써냈는데, 저는 제가 원래 제안한 대로 가능한 줄 알고, '5년도 짧다, 5년은 그 후 30년, 50년을 하기 위한 기초를 닦는 기간으로 하겠다'고 써냈는데 탈락했습니다. "이건 취지에 어긋나는 일이다. 내가 언제 5년 하자 그랬냐, 난 처음부터 10년 내지 20년짜리 연구비를 만들어달라고 했다. 5년으로 줄였다 해도 5년 한 번 하고 연장해서 또 한다고 생각했다. 5년 하고 끝나는 거라고 생각하지 않았다." 다음에, 또 그다음에 도전하려고 했는데, 점차 성격이 바뀌더니 몇 년 뒤에 아예 사라졌습니다. 결국 프로젝트 탄생에만 기여하고 저는 전혀 지원을 못 받고 말았습니다.

한국에는 왜 과학 관련 노벨상 수상자가 없을까

사실 저는 미국에서 멀쩡히 대학교수를 잘하고 있었어요. 하버드대학교에서 학위를 마치고 미시건대학교에서 교수가 돼서 꿈을 제대로 펼쳐보고 싶었습니다. 미시건대학교는 동물행동학, 행동생태학, 사회생물학 분야에서 탁월한 대학입니다. 그런데 모교인 서울대학교에서 자리를 만들고 오라고 하더군요. 고민이 많았습니다. 왜냐하면 한국에는 제가 연구하는 분야 자체가 없는데, 과연 제가 한국에서 이런 연구를 할 수 있을까 싶었으니까요. 한국에 가면 기반부터 닦아야 하는 상황이어서 2년여를 고민하며 미루고 미루다 결국 한국행 비행기에 올랐습니다.

당시 잊지 못할 일이 하나 있었습니다. 1994년 여름 서울대학교로 돌아왔는데, 1993년에 저명한 학술지 《네이처》에 우리나라 과학에 대한 특집 기사가 실렸어요. 아예 한글로 표지에 "한국 과학기술의 동이 텄다" 이렇게 쓰여 있었습니다. 상당히 여러 페이지에 걸친 특집 기사였는데, 세계 석학들이 우리나라 과학기술에 대해 분석, 평가한 내용을 바탕으로 쓴 기사입니다. "한국도 제법 연구 수준이 상승하고 있다" "한국에도 큰 기업들이 생겼다"는 맥락이었습니다. 하지만 1994년 무렵이니까 삼성이 아직 그렇게까지 세상을 호령하던 시절은 아니었습니다. 소니가 전 세계 전자제품 시장을 휘어잡던 시기라서 저도 한국에 들어오면서

平成5年7月29日每週木曜日発行
第364巻 第6436号 昭和58年6月8日第三種郵便物認可

nature

INTERNATIONAL WEEKLY JOURNAL OF SCIENCE

Volume 364 No. 6436 29 July 1993

한국과학기술의

동이텄다

Korean science :
the challenge ahead

Mineral tubes on self-assembled templates

Histone-like structure in *fork head* family

Ultrafast dynamics of solvated reactions

트라이톤(Triton)이라고 하는 소니TV를 사오기도 했죠. 그 기사에서는 "이제 한국에도 삼성, LG, 현대 같은 제법 큰 기업들이 생겼다. 그래서 응용과학 연구는 기업들이, 기초과학 연구는 국민의 세금으로 투자하는 게 좋은 전략이다"라고 적혀 있었습니다.

전 비행기를 타면서 이 학술지를 가방 속에 챙겨 넣었어요. 비행기 안에서 또 읽어본 건 아니지만 이제 모국으로 돌아가는데 국민의 세금으로 거둔 연구비는 오로지 저 같은 사람을 위해 써줄지도 모른다는 부푼 마음이 있었죠. 몇 년 후 신문에 글을 쓸 수 있는 기회가 생겼습니다. 저는 정부에서 지원하는 연구비는 모두 기초과학에 투자해야 한다고 글을 썼어요. 그런데 캠퍼스에서 만나는 공대 교수들이 하나같이 하는 말이 있었습니다. 대부분 서에겐 선배 교수들이었는데 실실 웃으면서 "최 교수 제정신이야?" "최 교수 어느 나라 사람이야?" "말이 되는 얘기를 해야지" 이러시는 거였습니다. 그리고 몇 년 후 신문에 또 글을 썼어요. '그래, 내가 100보 양보한다. 그럼 50 대 50으로 하자'고요. 25년간 신문에 글을 써왔지만 이 주제에 대해서만 대여섯 번 글을 쓴 것 같습니다. 마지막으로 타협을 제시한 안이 70 대 30이었습니다. 응용과학에 70%를 주고 기초과학에 30%라도 달라고요. 그런데 지금도 10% 남짓입니다.

기초과학 분야를 어떻게 지원하느냐 하는 문제는 사실 국가의 국력을 좌우하는 일입니다. 우리는 그동안 추격자 입장에서 살아왔어요. '패스트 팔로워(Fast follower)'라는 말이 있듯이 어떻게 하면 빨리 따라잡을 수 있을까가 관건이었죠. 그런 전략을 열심히 추진한 덕에 한국은 짧은 기간에 선진국을 따라잡았습니다. 추격할 때의 전략과 추격을 끝내고 난 다음의 전략이 똑같으면 될까요? 달라야 합니다. 우리가 추격했던 나라들은 한결같이 응용과학도 잘하지만 기초과학에도 투자를 아낌없이 해왔어요. 그렇기에 선진국이고, 앞서갈 수 있었다고 생각합니다. 우리도 어느 순간 그 나라들과 어깨를 나란히 하게 됐습니다. 그러면 우리도 기초과학에 과감히 투자하는 전략을 써야 그 위치를 유지할 수 있을 텐데, 참으로 안타깝게도 여전히 똑같은 전략을 쓰고 있단 말입니다. 이렇게 해서는 끊임없이 쫓아갈 뿐이에요. 우리가 이끌 수 있다는 생각 자체를 못 하는 것 같습니다. 여전히 자기 비하를 합니다. "아직 안 돼. 아직 더 따라가야 돼." 그렇지 않습니다. 우리는 이미 상당 부분 따라잡았어요.

이런 생각을 갖는 데는 아마도 노벨상이 가장 큰 이유이지 않을까 싶습니다. 아직 한국에서는 노벨과학상 수상자가 한 명도 나오지 않았지요. 일본은 20여 명이 노벨과학상을 받았습니다. 그렇다 보니 일본 과학에 너무 주눅들어 있는 것 같아요. '일본은 스무 명 넘게 받았는데 우리는 한 명도 못 받았다, 우리는 과연 과학선진국일까' 하는 것입니다. 하지만 정말 일본과 한국의 과학 수준이 그렇게 큰 차이가 날까요? 저는 그렇지 않다고 생각합니다.

제가 모든 분야를 비교할 능력은 없지만 적어도 제가 몸담고 있는 동물행동학 분야만 놓고 비교해 보겠습니다. 일본은 동물행동학회가 1년에 한 번 모일 때마다 1000명 정도의 회원이 함께합니다. 양적인 면에서는 우리와 비교가 안 될 정도로 어마어마해요. 만약 제가 지금 한국동물행동학회를 창립한다고 하면 얼마나 모일까요. 아마도 100명 남짓 되지 않을까 싶습니다. 그렇다고 우리 과학이 일본에 그렇게까지 뒤처져 있을까요? 사실 제 입으로 말하기 민망하지만 동물행동학백과사전은 제가 총괄 편집했어요. 일본 학자가 그렇게 많아도 오히려 제가 일본 학자를 우리 편집진에 불러줬어요. 저는 동물행동학 분야에서만큼은 우리가 일본에 뒤처져 있다고 생각하지 않습니다. 아마도 대부분의 분야가 비슷할 것입니다. 어떤 분야는 앞서 있기도 할 테고요.

우리는 노벨상이라는 상이 갖는 독특함을 이해해야 합니다. 다른 상들이 노벨상 수준의 대접을 못 받아서 그런 것일 뿐, 한국 과학자들도 요즘 상을 많이 받아요. 그럼에도 과학 분야에서는 왠지 노벨상을 받아야 인정받는 것처럼 생각하죠. 사실 저는 미국에서 15년 살았지만 그사이 누가 노벨상을 받았는지 알아본 기억이 별로 없습니다. 신문에도 잘 안 나오고요. 정작 우리는 받지도 못하는데, 한국에서는 금년도 노벨상을 누가 받았는지 저녁 뉴스 시간에 나오고 신문에도 대문짝만하게 실립니다. 조금 지나치다는 생각이 들어요. 내가 공부했던 하버드대학은 툭 하면 노벨상 수상자가 나옵니다. 굉장히 어마어마한 상임에는 틀림없지만 그 상이 갖고 있는 독특함을 이해할 필요가 있습니다.

노벨상은 현재 가장 활발하게 연구하고 업적을 많이 내는 연구자에게 주는 상이 아닙니다. 노벨상 시즌이 되면 우리나라 언론은 올해 노벨상을 받을 것 같은 학자들을 소개해요. 저는 매번 회의적인 생각을 합니다. 그 학자들은 논문의 인용도가 높아 세계적으로 인정받지만, 노벨상은 그런 사람에게 주는 상이 아닙니다. 노벨상위원회는 학자를 먼저 선정하는 것이 아니라, 어떤 분야에 상을 줄지를 결정하죠. 예를 들어, 코로나19 백신 관련 분야에 상을 주기로 결정하면, 그 분야를 처음 시작한 사람이나 최초로 논문을 쓴 사람을 찾아 상을 수여합니다. 그렇게 거슬러 올라가다 보면, 신기하게도 그 끝에 종종 일본 학자가 있어요. 일본 사람들은 그들만의 독특한 오타쿠 정신을 가지고 있습니다. 주변의 시선에 상관없이 자신이 하고 싶은 것을 계속하는 속성을 갖고 있어요. 그리고 사회도 이를 뒷받침해 줍니다. 그래서 일본 학자들이 스무 명 넘게 노벨상을 받았지만, 그것이 곧 일본이 그 분야에서 세계 최고라는 의미는 아닙니다.

노벨상 시즌만 되면 기자들이 저를 찾아와요. "금년에는 노벨과학상이 나올까요?" 하고 묻습니다. 저는 뒤뜰에 정한수 한 그릇 떠다 놓고 빈다고 했습니다. 올해도 우리나라에서 노벨과학상을 못 받았으면 좋겠다고요. 기자들은 왜 그러냐고 묻죠. 가령 한국에서 누군가 노벨과학상을 받았다고 하면 연구재단에서 그쪽 분야에 연구비를 다 몰아주고, 우리 학생들은 또 그 분야로 몰려가려고 하지 않을까요. 그건 오히려 좋은 일이 아닙니다. 우리는 지금 고르게 기초과학 분야를 육성해야 하는 현실인데 어느 한 분야가 떴다고 해서 그쪽에만 지원을 몰아주면 우리 과학계에 전혀 도움이 되지 않아요. 오히려 노벨상을 잊어버립시다. 노벨상 안 받아도 상관없습니다.

몇 년 전 중국에서 투유유(屠呦呦, Tu Youyou)라는 여성 학자가 노벨상을 받았습니다. 말라리아를 치유할 수 있는 화학물질을 개똥쑥이라는 식물에서 추출하는 데 성공해서 받았죠. 그 학자는 인터뷰를 통해 중국 정부에 감사를 표했습니다. 정부에서 평생 충분한 연구비를 줬기 때문에 이런 영예를 안을 수 있었다고요. 그 학자는 북경대 교수도, 칭화대 교수도 아닙니다. 변방에 있는 한 연구소에서 연구하던 사람이었습니다. 그런데 충분한 연구비? 그렇다고 매년 10억 원씩, 100억 원씩 연구비를 받은 것도 아닙니다. 그 학자가 말한 충분한 연구비는 조금씩이라도 끊김없이 지원해 줘서 연구를 계속할 수 있었다는 의미입니다. 만일 제가 우리 연구재단에 개똥쑥을 연구해서 뭔가를 해보겠다고 연구비 신청을 하면 그냥 웃음거리가 될 거예요. 개똥쑥이 뭐냐고 하면서 말입니다.

다음 학문의 발판이 되는 기초과학

저의 일본 동료 중에 시게유키 아오키 교수가 있습니다. 제가 미국에서 개미, 꿀벌, 말벌, 흰개미 등 사회성 곤충을 공부하던 시절에 그는 사회성 진딧물을 발견해 일약 세계적인 스타가 됐어요.

진딧물에도 자기 동료들을 지키기 위해 목숨을 거는 병정 진딧물이 있다는 것을 발견한 것입니다. 그는 평소 진딧물을 분류하면서 현미경 아래에서 관찰하며 진딧물 뒷다리에 털이 몇 개 나 있는지, 이런 걸로 논문을 썼습니다. 그러던 어느 날 진딧물을 보는데 몸이 갑옷처럼 아주 두툼하게 덮여 있어 "세상에 이런 진딧물도 다 있네" 하고 놀랐다고 해요. 그 진딧물을 채집하면서 보니 싸움을 하고 있었습니다.

가끔 나무를 보면 혹들이 가지에 둥글둥글 매달려 있는 것을 볼 수 있습니다. 진딧물이 나무를 공격하면 그 나무가 혹을 만들어줍니다. 그럼 진딧물은 그 안에 들어가서 살아요. 그러다 적이 나타나면 제일 먼저 구멍을 빠져나와 적과 싸우는 아이들이 있는데, 그들은 갑옷을 뒤집어쓴 것처럼 딱딱한 껍질을 갖고 있었습니다. 아오키 교수는 다른 아이들은 우리가 손톱으로 문지르면 툭툭 터지는 진딧물인데 그들 중 몇 마리는 독특하게 갑옷까지 만들어 입고 나와서 싸움을 한다고 생각했어요. 그 이유를 찾다가 진딧물에도 자기 희생을 하는 이타적 진딧물이 있음을 발견했습니다.

저는 아오키 교수가 미국에서 세미나를 할 때 직접 참관했습니다. 그런데 참으로 처참했던 것이 아오키 교수가 영어가 안 되는 거예요. 영어로 만들어 온 자료를 그대로 읽는데도 무슨 얘기인지 이해할 수가 없었죠. 그는 코닥 슬라이드를 준비해서 진딧물을 보여주려고 하는데, 영어 발음이 안 좋다 보니까 오버헤드 프로젝터에 해당 단어를 쓰면 우리가 그걸 보고 이해하곤 했습니다. 그럼에도 불구하고 그는 하버드대학교, 프린스턴대학교 등에 초청되어 본인이 발견한 내용을 설명했습니다.

제가 서울대 교수를 하던 어느 날 그가 이메일을 보내왔더군요. 한국에 저 같은 사람이 있다는 걸 발견하고 이메일을 보낸 것입니다. 한국에 오면 좀 만나고 싶다고요. 본인 채집하는 걸 도와주면 좋겠다고 했습니다. 그와 지리산 등반을 하던 중 우리가 채집한 진딧물에서 병정진딧물을 발견해 신종을 함께 기재하면서 친한 사이가 됐죠. 오랜 세월이 흐르며 둘이 같이 논문을 두세 편 썼습니다. 언젠가 일본에서 대중 대상으로 과학 강연을 해달라는 요청을 받았습니다. 보통 그동안 일본에서 강연을 하면 대개 동경대나 교토대에서 했지, 대중 강연을 한 적은 없었습니다.

그날 강연에 아오키 교수가 참석했지요. 반가운 마음에 인사를 나누는데 내일 본인 학교에 와달라고 해서 다음 날 그의 연구실을 찾아갔습니다. 그는 자기가 연구하는 것들을 보여줬는데, 말하자면 여전히 진딧물 뒷다리 털을 세는 수준이었습니다. 10년 전, 20년 전에 하던 일을 계속하고 있었습니다. 세계적인 발견을 한 사람이지만, 여전히 같은 흐름의 연구를 하고 있었고, 일본 정부에서는 그런 연구에 연구비를 계속 지원해 줬습니다. 사실 30년 전에 쓴 논문이나 지금 논문이나 보면 비슷하지만 그렇게 이어가는 것입니다. 연구비도 끊긴 적이 없다고 했습니다. 기초과학 연구는 이렇게 하는 겁니다.

"연구비 삭감에 유감을 표합니다"

기초과학이라는 것은 이후에 더 훌륭한 연구들이 꽃피울 수 있도록 기초를 놓는 것이기 때문에 어떤 의미에서는 그렇게 그냥 하는 것입니다. 그런데 우리 정부는 이런 과정 없이 자꾸 꽃만 보고 싶어 해요. 이제는 우리가 여러 분야에서 세계를 끌고 가야 하는 입장이 되었습니다. 기반이 탄탄해야 리더가 되는 건데, 여전히 똑같은 마인드를 갖고 있다는 건 참으로 답답한 일입니다. 그동안은 남이 해놓은 걸 가지고 응용해서 우리가 뭔가 업적을 냈을지 모르지만 이제는 그렇게 해서는 안 됩니다. 그런 점에서 이번에 연구비를 대폭 삭감한 정부의 처사는 어처구니없고 비판받아 마땅합니다.

사실 이전 정부 때부터 큰 자랑거리가 있습니다. 국민총생산 대비 R&D 예산 비율이 세계 최고라는 것이죠. 어느덧 세계 최고 수준이 된 것은 사실입니다. 어떻게 하다 보니 연구에 투자하는 비율이 상당히 높아졌어요. 그런데 문제는 비율이 중요한 게 아니라는 것입니다. 삭감되기 전 우리나라 R&D 전체 예산 규모는 15조에서 20조 원대 정도 됐습니다. 이것이 국민총생산에 비해서 비율이 굉장히 높다는 거였습니다. 그러니까 없는 돈에 그래도 연구비에 투자를 많이 했다는 의미죠. 그런데 크게 봐서 20조 원대라고 해도 하버드대학 기부금 총액이 50조 원인데, 거기에 반도 안 되는 비용을 한국 전체 과학자들이 나눠 쓰고 있는 셈입니다. 다른 나라 대학 하나가 급하면 쓸 수 있는 돈도 안 되는 걸 국가 전체가 쓰고 있는데 거기서 비율 얘기를 한다는 게 참으로 가당치도 않은 자랑이라는 얘기입니다.

그런데 거기서 또 줄인다고 하니 어떻게 이런 발상이 있을 수 있을까요. 게다가 그 비용을 지금 제대로 사용하고 있냐 하면 그렇지도 않습니다. 한국에서 연구를 탁월하게 잘하는 사람들, 물론 그들을 폄하하려는 뜻은 아니지만, 탁월하게 연구실을 운영해나가는 사람들에게는 그에 걸맞은 경영 능력이 필요합니다. 연구를 잘하는 능력만 가지고는 불가능한 게 우리나라 연구 실정이에요. 외국의 경우 연구 실적이 나오면 연구비 지원이 연장됩니다. 당연히 잘했으니까 연구비를 연장해서 더 주는 것이죠. 하지만 우리는 전혀 그렇지 않아요. 아무리 연구를 잘했어도 똑같은 연구를 계속하겠다고 하면 왜 또 달라고 하냐는 식입니다. 이는 실제로 연구비 심사 현장에서 나온 발언입니다. 연구를 잘한 사람이면 계속 연구할 수 있게 해줘야 하는데 우리는 그렇지 않아요. 일종의 나눠먹기 식의 발상을 하는 것입니다.

한국에서 연구비가 끊기지 않고 잘 운영하는 사람들에게 어떤 탁월한 능력이 있느냐 하면, 매번 새로운 연구를 하는 것처럼 연구비를 신청한다는 점입니다. 실은 똑같은 선상의 연구를 하는데, 마치 새로운 연구를 하듯이 잘 포장합니다. 여기서 더 나아가 이미 한 연구를 앞으로 할 것처럼 포장해서 연구비를 신청하기도 합니다. 그래야 2~3년 동안 차질 없이 논문을 발표할 수 있기 때문에 연구비를 받을 때 절대적으로 유리합니다.

우리나라에서는 아무도 하지 않는 새로운 연구를 하겠다고
하면 연구비를 받기 어려워요. 연구비 신청 때 꼭 들어가는 항목
이 있습니다. 이른바 벤치마킹이라는 부분인데, 이 연구 분야가
세계적으로 어떤 상황에 놓여 있는지를 조사해서 적어 내는 것입
니다. 원래의 목적은 상황을 진단하고 우리는 어떤 방향으로 치
고 나가겠다고 알리기 위함입니다. 그러나 실제로는 이미 해외 유
수 연구진이 이 연구를 하고 있고, 성과가 나고 있으니, 내가 실패
할 리가 없다고 안심시키는 목적으로 활용돼요. 그러니까 우리보
다 연구비 규모가 훨씬 큰 선진국에서 이미 연구를 시작해서 결
과가 나오기 시작한 연구라야만 연구비를 제대로 수주할 수 있다
는 의미입니다.

　　한국의 연구 성공률은 98%입니다. 실패하는 적이 거의 없어
요. 연구 성공률이 최고의 나라라는 게 어떻게 가능할까요. 이미
다른 나라에서 성공적으로 하고 있는 연구를 하기 때문에 실패
할 리가 없는 것입니다. 그 사람들이 해놓은 연구에 이어 같은 학
술지에 발표하고 숫자만 채우면 됩니다. 이러니 노벨상을 받을 리
가 없습니다. 최초의 연구를 해야 하는데 그런 연구를 하겠다고
하면 실패에 대한 걱정 때문에 연구비를 받지 못합니다. 이러면서
과학자들에게 기대하는 건 열정이죠. 잠 안 자고, 없는 돈에 정신
력으로 버텨서 뭔가 이뤄내겠다는 마인드는 패스트 팔로워 시절,
즉 추격하던 시절에는 가끔 먹히는 전략이었습니다. 하지만 우리
가 선도하는 입장에 서게 되면 그런 전략은 통하지 않을뿐더러

해서도 안 됩니다. 실패하더라도 남이 하지 않은 연구를 할 수 있도록 뒷받침해 줘야 하는 시대가 왔습니다.

과학자로서 마무리하는 소회

이제 저는 삶을 마무리하고 뒷방 노인 생활을 시작해야 하는 시점입니다. 평생 이 나라에서 과학자로 살아온 저로서는 회환이 많습니다. 저는 국가로부터 받은 연구비 총액을 퇴임하는 날 밝히겠다는 생각을 오래전부터 해왔어요. 언젠가 한국연구재단 특강에서 이런 얘기를 했다가 대체 연구비를 얼마나 못 받았길래 그런 얘기를 공개적으로 하느냐는 질문을 받았죠. 저는 이렇게 답했습니다. "내 옆방에 있는 젊은 교수가 1년 동안 받은 연구비를 나는 평생토록 못 받았다"라고요. 다들 믿기 어려워했지만, 사실입니다. 정부로부터 받은 연구비가 너무 적었어요. 고맙게도 뜻있는 기업인들이 많이 도와줬고, 제가 직접 벌어서 충당하며 버텼습니다.

저에게 그런 질문을 한 연구재단 사람들 중에 한 명이 제가 탈락하는 현장에 있었다며 이런 얘기를 해줬습니다. 저는 워낙 연구비 수주에서 탈락을 많이 당했기 때문에 정말 남달리 준비합니다. 연구비 신청 마지막 날에는 연구재단 서버가 종종 다운돼요. 전국의 모든 연구진이 동시에 접속하다 보니 다운이 되는 것입니다. 저는 보통 일주일 전쯤 서류를 보낼 정도로 준비를 잘해서 서류 심사에서는 제법 잘 올라갑니다. 마지막 PT까지도 여러 번 갔고요. 워낙 강의를 잘하는 사람으로 소문이 나 있는 제가 PT를 못할 리도 없고, 제가 PT를 하면 심사위원들이 질문도 잘 안 합니다. 그런데 며칠 있다 보면 저는 또 탈락했다는 통보를 받아요. 현장에 있었다는 그의 말에 따르면, 제가 발표하고 나간 후 두 팀 중에 한 팀을 선정해야 하는데, 서로들 한참을 머뭇거렸다고 합니다. 그러다 한 사람이 용기를 내서 이렇게 말했답니다.

"최재천 교수 연구는 다 좋은데 솔직히 안 해도 그만이잖아요."

그렇습니다. 제 연구는 안 해도 그만입니다. 저는 까치, 긴팔원숭이, 돌고래를 쫓아다니는데 제가 그런 연구를 안 한다고 해서 대한민국이 망할 리 없으니까요. 그러고 나서 잠시 정적이 흐른 다음 심사위원장이 "그럼 의견이 모아진 걸로 알고 넘어가겠다"고 했다고 합니다. 저는 늘 그렇게 힘없이 탈락했습니다.

기초과학을 위한 연구비는 규모 자체가 클 필요 없습니다. 기초과학은 꾸준히, 끊기지 않고 연구비를 지원받는 것이 중요합니다. 저는 까치 연구를 25년 넘게 해오고 있어요. 영국 옥스퍼드대학교는 박새 연구를 100년이 넘도록 하고 있습니다. 작은 연구비를 끊임없이 제공했기 때문에 옥스퍼드대학교는 100년이 넘는 데이터베이스를 갖게 된 것입니다.

연구비 규모를 지금보다는 훨씬 크게 늘려야 합니다. 지금은 연구비 비율을 말할 단계가 아닙니다. 우리가 선진국으로 살아남으려면 비율이 아니라 규모가 중요합니다. 지금보다 수십 배 규모

로 늘려야 합니다. 그런 새로운 변화가 일어나기를 진심으로 바랍
니다.

유례없는 R&D 예산 삭감,
방송으로 엄중함을 경고하다

방송 기획회의를 할 때의 풍경이 있다. 제작진이 늘상 제안하고, 교수님이 그것과 관련된 아이디어를 나누는 방식이다. 하지만 가끔 교수님이 먼저 "이거 합시다"라고 제안하기도 하는데, 이번 편이 그랬다. 연구비 삭감이 과학자들에게 어떤 여파가 있는지, 그로 인해 얼마나 많은 연구실 해체를 불러왔는지 여기저기서 들려오는 곡소리에 보다 못해 내린 용단으로 느껴졌다. 이미 다른 과학자나 교수들도 개인 SNS에 날선 비판의 글들을 릴레이로 올리고 있는 상황이었다.

방송 기획을 하면 대략의 스토리라인을 잡고 협의한 다음 교수님과 촬영에 들어간다. 대본 하나 없이 교수님이 라이브로 촬영하면 그중에서 하이라이트를 뽑아 편집하는 방식이다. 그러니 대략의 스토리라인 협의가 중요한데, 이번 편은 가늠조차 되지 않았다(감히 물어볼 수조차 없었다).

촬영에 들어가고, 교수님이 낮은 어조로 말을 이어가기 시작했다. 하나하나 들려주는 이야기들은 정말 놀라움을 금할 수 없었다. 그간 연구비가 삭감되거나 탈락한 사례를 종종 듣긴 했지만 이렇게 세세한 민낯을 다 들어보긴 처음이었다. 한국으로 돌아오면서 어떤 마음으로 귀국했는지, 연구에 척박하기 그지없는 한국으로 다시 돌아올 때 가족과 함께 지낸다는 기대도 있겠지만 내 나라에 대한 애정이 왜 없었겠는가. 그렇게 귀국하고 보니, 많은 학생들이 원하는 연구 주제를 이끌어줄 자연과학 분야의 학자들도 많지 않은 상황이었다. 교수님은 제자들의 다양한 동물 관련 연구를 돕다가 어느 정도 성장하면 해외 연구실과도 연결해주신다는 사실을 알고 있었지만 이 정도로 척박한 환경에서 연구를 이어온 줄은 정말 몰랐다.

그동안 한국에서 받은 연구비 총액을 퇴임 시점에 밝히겠다는 이야기에서 대한민국 자연과학계 대부의 멘트라는 사실이 믿어지지 않을 정도로 놀라운 현실이었다. 게다가 우리나라 연구는 거의 100% 성공 확률을 가지고 있다고 했다. 실패 과정이 필연적으로 따르는 과학 실험에서 실패가 없는 연구라니, 어쩌면 세팅부터가 잘못된 것이 아닐까. 그런 상황에서 노벨상을 꿈꾸는 아이러니라니… 어쩌면 지금 대한민국 이공계 석학들의 해외 유출이 줄을 잇고 있다는 점이 참으로 뼈아프게 다가온다. 연구비를 늘

려달라는 대한민국 대표 과학자인 최재천 교수님의 이야기가 무겁고 엄중하게 다가오는 이유다. 🖐

〈최재천의 아마존〉
해당 영상 보기

"개인적 경험과 연구를
바탕으로 저는 호주제 폐지 운동에
참여했습니다. 자연계에서는
암컷 중심의 질서가
당연시되는데, 인간 사회에서만
남성 중심의 제도가 옳다고
여기는 것은 명백한 모순입니다.
결국 호주제 폐지는 이루어졌고,
저는 이 변화에 기여한 것을
자랑스럽게 생각합니다."

"누구에겐 뺏기는 무엇이지만,
누군가에겐 삶의 굴레였다"
호주제 폐지에 앞장서다

7

7

과학자의 시선으로 바라본 호주제

과학자의 시선으로 봤을 때 우리나라 호주제는 매우 부조리한 제도라고 생각했습니다. 사실 저는 매우 가부장적인 환경에서 자라서 그런 부분에 대해 깊이 생각해 본 적이 없어요. 그런데 전공 덕분인지, 자연에서 동물을 꾸준히 관찰하다 보니 동물 사회에서는 암컷이 항상 중심에 있다는 것을 알게 되었습니다. 암컷이 번식의 주체이기 때문에 동물의 삶은 자연스럽게 암컷을 중심으로 이루어집니다. 그런데 다큐멘터리 등에서는 수컷들의 싸움이 격렬하고, 수컷들이 더 화려한 색을 띠며 큰 소리를 내기 때문에 수컷이 동물 세계의 중심처럼 보이기도 하죠. 하지만 실제로 동물 사회의 중심은 암컷입니다.

수컷들이 그렇게 보이고 행동하는 이유는 암컷의 관심을 얻기 위해서입니다. 그래서 수컷이 모든 것을 지배하는 듯 보이지만, 실제로는 그렇지 않아요. 제가 《침팬지 폴리틱스》 책에 대해 언급한 적이 있는데, 아마 그 책에 나오는 문구로 기억합니다. 그 책을 쓴 프란스 드 발(Frans de Waal)이 늘 하는 얘기이기도 합니다. 침팬지 사회를 세밀하게 들여다보면 수컷이 우쭐대며 권력을 행사하는 것처럼 보이지만, 실제로 가장 좋은 자리에 앉아 가장 좋은 음식을 먹는 것은 암컷입니다. 결국 실질적인 이익은 암컷이 가져간다는 뜻이지요.

이런 공부를 하다 보니까 제 마음속에서 흔들림이 생겼어요. 자연을 관찰하다 보면, 세상은 암컷의 세상이며 암컷이 새끼를 낳고 그 새끼들이 자라나 또다시 새끼를 낳는 게 삶의 연속이라는 엄연한 결론에 도달하게 됩니다. 그런데 우리네 삶으로 돌아와 보면 모든 인간 사회에서 저를 포함한 수컷들이 우쭐대며 사는 모습이 어느 순간부터 매우 이상하게 보이기 시작하더군요.

2005년 2월 헌법재판소는 호주제에 관해 헌법 불일치 결정을 하면서 2007년 말까지 법을 개정하라는 판결을 내렸습니다.

부부 사이에서 맞닥뜨린 성차별

왜 인간 사회는 이렇게 부자연스러운 구조를 가지고 있을까요? 저 역시 결혼하고 결혼 생활을 하는 과정에서 처음에는 아내와 많이 다퉜습니다. 서로 다른 사람이 함께 가정을 이루는 일은

호주제(戶主制)

호주(戶主)를 중심으로 가족 구성원들의 출생·혼인·사망 등의 신분 변동을 기록하는 것으로 민법 제4편(친족편)에 의한 제도였다. 즉 부계 혈통을 바탕으로 하여 호주를 기준으로 '가(家)' 단위로 호적(戶籍)이 편제되는 것으로 일제강점기 때 도입됐다.

결코 쉽지 않습니다. 초반에는 서로를 이해하는 과정에서 힘겨루기가 치열하게 이어졌습니다. 특히 우리 부부의 경우, 아내가 지극히 개방적이고 평등한 분위기에서 성장했기 때문에 이런 갈등이 더 심할 수밖에 없었죠.

결혼 후 얼마 지나지 않아 아내가 "성차별이라는 걸 미국에 와서 처음 경험했다"고 말했을 때 저는 정말 놀랐습니다. 미국은 한국보다 훨씬 남녀 평등이 잘 이루어진 나라로 알고 있었으니까요. 그런데 아내는 한국에서 자랄 때 성차별을 느껴본 적이 없었다고 하더군요. 양성 평등이 완벽하게 이루어진 가정 환경에서 자라면서 음악을 하느라 주로 연습실에서 생활하다 보니 그런 경험이 없었던 것 같습니다. 처음에는 미국에서 비로소 남녀 차별을 겪었다는 말을 이해할 수 없었어요. 이게 무슨 말도 안 되는 얘기인가요. 그런데 장인·장모님에 대해 점점 알아가면서, 그 두 어른이 자식을 어떻게 키웠는지 알게 되었습니다. 그 두 분은 굉장히 평등하고 민주적으로 자식들을 키워냈어요.

그런데 보수적인 집안에서 자란 저는 아내를 만나기 전 사귀었던 여성들에게도 "어떻게 여자가 감히 먼저 전화를 하느냐" "내가 전화할 때까지 기다려라"라고 말하며 전화를 끊곤 했습니다. 그 후 일주일 동안 길들이는 차원에서 일부러 전화를 하지 않다가 마치 특별한 은혜를 베풀듯 전화를 걸어 약속 장소를 통보했지요. 저는 남자가 통보하면 여자는 당연히 따라야 한다고 생각했습니다. 상대가 시간이 없다고 하면 "알았다"고 말하고 전화를 끊었어요. 그러다가 한 달 정도 지나서 무슨 큰 선물이라도 주듯이 오후에 시간 되면 어디로 나와라 식이었어요. 이런 나의 태도 때문에 우리는 평화로운 만남을 가질 수 없었어요. 우리 부부는 정말 많이 다퉜습니다.

그러다 어느 시점부터 상황이 달라지기 시작했습니다. 저는 진화학자가 된 것에 대해 스스로 매우 고마워하는 사람입니다. 진화는 철저하게 상대적인 현상입니다. 혼자서 "내가 진화할 거야" 하며 진화하는 것이 아니라 서로 간의 관계 속에서 함께 진화하는 것이죠. 그렇기에 자꾸 세상을 내 관점뿐 아니라 남의 관점에서 보는 훈련을 계속해야 합니다. 사실 저도 답답했어요. 뭐 저런 여자가 다 있나 싶었으니까요. 그러나 그 사람 입장에서는 더 황당했을 것입니다. 남녀 차별이라는 걸 한 번도 겪어보지 않았는데 드디어 결혼 생활을 하면서 남편이 뭐 말도 안 되는 가부장적 얘기를 막 해대니 얼마나 당혹스러웠을까요.

저는 스스로 굉장히 많이 변했고, 나름 좋은 남편으로 행동하고 있다고 생각했습니다. 하지만 아내의 입장에서 다시 분석해 보니, 제 행동은 전혀 이해할 수 없는 것이었더군요. 그런 생각이 계속 쌓여가다가 7, 8년쯤 된 어느 토요일 오후였습니다. 지금도 그날을 또렷하게 기억해요. 우리 부엌은 길가에 있었고, 창문으로 햇볕이 따뜻하게 잘 들어오는 곳이었습니다. 그날도 어김없이 설거지를 하고 있었죠. 설거지는 결혼 조건으로 내가 평생 하겠다고 자원한 일입니다. 그러나 그날까지 설거지는 내 시간을 뺏는 작업에 불과했습니다. 아내가 고생하니 좋은 남편으로서 설거지 정도는 해줘야 한다고 생각했어요. 제가 시혜를 베푸는 것이라고 생각했고, 그렇다 보니 시간은 여전히 아까웠습니다. 최대한 빨리 끝내려 했죠. 설거지 후 그릇을 아무렇게나 놓다 보니 여러 번 깨먹었습니다. 깨끗이 닦이지 않아 얼룩이 남아 있거나 음식 찌꺼기가 붙어 있을 때도 있어, 아내가 불평하곤 했죠. 전 닦아준 것만 해도 고맙다고 해야지 왜 불평일까 하면서 기분이 상했습니다.

그런데 그 토요일 오후, 따뜻한 햇볕이 제 어깨를 내리쬐는데 좀 느긋한 마음으로 설거지를 하다가 갑자기 엉뚱한 생각이 들었습니다. '나는 왜 설거지를 아내를 위해 해주는 것이라고 생각했을까? 아내도 나처럼 박사학위를 받기 위해 미국에 온 사람이고, 우리는 단지 결혼했을 뿐인데. 결혼이라는 구도를 털어내고 생각해 보면 그 사람의 목표나 내 목표나 동일하다. 그런데 왜 결혼이라는 구도 속에 들어가면 나를 포함한 남자들은 설거지는 당연히 여자가 하는 거고 내가 좀 도와주는 일이 되는 것일까.' 그때까지 제가 가진 가장 큰 불만은 설거지, 청소, 장보기, 빨래 등 모든 집안일을 내가 돕고 있는데도, 아내가 다른 부분에서 나에게 한 치도 양보하지 않는다는 것이었습니다. 한마디도 안 지고 한 건도 양보를 안 하니까 뭐 저런 여자가 다 있나 계속 그 생각뿐이었죠. 그런데 그날 제 생각은 왜 설거지가 아내의 몫일까라는 전제에서 출발했습니다.

그 전제 자체가 문제였어요. 우리 둘 다 공부하는 사람으로서 필요에 의해 한 가정을 이루고 같은 목표를 향해 나아가고 있었습니다. 설거지는 아내의 일도 제 일도 아닌, 우리 일이었어요. 그렇습니다, 저는 그동안 잘못 생각하고 있었어요. 그 순간부터 설거지는 제 일이 됐고, 지금은 정말 잘합니다. 아내의 일을 돕는다고 생각했을 때는 억지로 빨리 끝내려 했지만, 제 일이 되자 오히려 더 깔끔하게 하게 되었습니다. 그날부터 '설거지의 장인'이 되기 시작했고, 지금은 남의 집에 놀러 가서도 주방을 흘끗 보면 설거지 상태로 그 집의 분위기를 짐작할 수 있을 정도예요. 아내는 가끔 설거지를 하는데, 아내가 한 설거지를 보면 눈에 거슬릴 때가 있어요. 그렇게 하면 물기가 빠지지 않는다고 투덜대며 제가 다시 설거지를 할 때도 있습니다. 그러면서 중얼거리죠. "이렇게 놓으면 접시에 얼룩이 남는다" "물때가 낀다" "각도를 맞춰야 많이 올릴 수 있다"며 '장인 설거지'를 하곤 합니다.

사실 설거지가 문제는 아니다

이렇게 설거지 이야기를 길게 하는 이유는 우리 사회에서 남
녀 문제, 특히 결혼이라는 구조 안에서 아내와 남편의 관계에서
벌어지는 일들을 말하기 위해서입니다. 한국에 돌아와 서울대 교
수를 하던 어느 날, 호주제 폐지 운동에 참여해 달라는 부탁을 받
았어요. 당시 호주제 폐지 운동을 활발히 하던 변호사와 여성단
체 대표들이 저를 찾아와 도움을 요청했고, 저는 그들의 권유로
이 운동에 참여하게 되었습니다. 그리고 그로 인해 많은 비난을
받았어요. 아침 9시쯤 출근하면 이미 전화벨이 울리고 있었고,
전화를 받으면 다짜고짜 욕설이 이어졌죠. 말로 표현하기 힘든 욕
설이었습니다.

정말로 입에 담기 힘든 온갖 욕을 다 들었어요. "동성애자
냐"라는 말부터 '앙드레 최'라는 별명까지 붙었다고 합니다. 앙드
레 김 선생님이 무슨 잘못이 있다고. 전화기를 내려놓으면 또 울
리고, 받으면 또 욕설이었습니다. 결국 전화 코드를 뽑고 지냈죠.
전화가 필요할 때만 잠깐 코드를 꽂아 전화를 걸었습니다. 그렇게
거의 1년을 보낸 것 같아요. 그런 상황에도 불구하고, 그때 저를
찾아와준 분들에게는 감사하게 생각합니다. 호주제 폐지는 제 인
생에서 제가 학문에 기반해 올바른 일을 했다고 자부할 수 있는
몇 가지 일 중 하나이기 때문입니다. 많은 욕을 먹었지만, 물러설
생각은 전혀 없었어요.

농경 생활을 하면서 뒤바뀐 남녀 관계

뒤바뀐 남녀 관계는 인류 사회 전체를 보면 보편적인 현상입니다. 우리 인류의 역사를 되돌아보면 처음에 우리는 수렵 채집 생활을 하던 동물이었어요. 남성은 사냥을 하고, 여성은 가끔 사냥에도 가담했겠지만 주로 집 주변에서 채집을 했어요. 그러다 어느 순간 농경을 시작하게 되었죠. 농경을 하는 동물은 이 세상에 거의 없습니다. 개미, 흰개미, 그리고 우리 호모 사피엔스가 전부입니다. 농경은 굉장히 독특한 생활 방식이에요. 자연계에서 무언가를 길러 먹겠다는 생각을 한 것은 지구상의 그 많은 종 중 단 세 그룹뿐이며, 이것은 굉장히 희귀한 혁신입니다.

농경을 시작하면서 우리 인류는 갑자기 폭발적으로 수가 늘었고, 남녀 관계는 하루아침에 뒤바뀌기 시작했습니다. 수렵 채집 생활을 할 때는 남성이 거들먹거릴 기회가 별로 없었어요. 여성은 집 주변에서 이것저것 채집하며 언제든지 뭔가를 가져올 수 있었습니다. 그래서 가족이 굶지 않도록 저녁상을 차리는 역할은 여성, 즉 엄마였습니다. 아빠는 자주 동물을 잡지 못해 빈손으로 돌아와 구석에 앉아 조용히 주는 음식을 받아먹었을 것입니다. 그러다 사나흘에 한 번쯤 동물을 잡아 오면 그때야 비로소 "맛있지?"라고 물으며 거들먹거렸을 테고요. 이러니 탁월한 사냥꾼이 아닌 이상, 남성이 매일 거들먹거리기는 어려웠을 것입니다. 적어도 남녀가 평등했거나, 오히려 여성이 더 어깨를 펴고 사는 날이 많았을지도 모릅니다. 결론적으로 남성이 지배하는 시대는 아니었습니다.

남성이 사냥을 맡게 된 이유는 간단해요. 남성의 근력이 여성보다 강하기 때문에 사냥을 맡은 것입니다. 그래서 남자의 직업이 된 건데 이게 근육의 힘을 사용한다는 점에서는 좋겠지만 그리 효율적인 일은 아니었다는 데 문제가 있습니다. 매일매일 잡을 수 있는 게 아니니까요. 반면 농경은 근육의 힘을 정직하게 보상받을 수 있는 좋은 직업이 되었습니다. 남성들이 밭을 일구고 농사를 지으며, 가을에 수확한 것을 곳간에 저장하고 곳간 열쇠를 손에 쥐면서 그때부터 여성을 지배할 수 있는 빌미를 갖게 되었다고 생각합니다.

인류의 역사를 돌아보면, 호모 사피엔스의 역사는 약 25만 년 정도인데, 그중 농경을 한 기간은 길게 잡아도 1만 3000년 정도입니다. 전체 25만 년 중 1만 년 정도면 5%도 되지 않습니다. 그러니 대부분의 시간 동안 우리는 평등했거나 여성이 우월했으며, 남성이 지배하던 시기는 5% 정도에 불과합니다. 인류학자 헬렌 피셔(Fisher, Helen)는 《제1의 성》이라는 책을 썼습니다. 이 책은 시몬느 드 보부아르(Simone de Beauvoir)가 쓴 《제2의 성》의 주장을 뒤집기 위해 쓴 건데, 헬렌 피셔는 아주 대놓고 21세기에는 여성의 경제력이 남성의 경제력을 능가할 것이라고 선언했습니다. 이는 더 이상 돈을 근육의 힘으로 벌지 않기 때문입니다. 머리로 벌고, 관계 맺음 즉 네트워킹으로 벌게 되는데 그런 면에서 여성이 남성보다 더 탁월하다는 것이죠. 이는 충분히 곱씹어볼 만한 이야기입니다. 여성이 남성보다 네트워킹에 더 강하고, 감성에 호소하는 능력이 뛰어나요. 요즘 잘되는 기업은 모두 소비자의 감성을 사로잡아 이른바 팬덤(fandom)을 구축한 회사들입니다. 충분히 가능한 얘기이며 만일 그렇게 되면 남성의 지배력이 떨어질 수밖에 없는 시대가 되는 것입니다.

우리 인류는 역사 내내 여성이 남성에게 지배당했을까요? 절대 그렇지 않습니다. 최근 5% 미만의 기간 동안에만 남성이 득세했으며, 이제 그 기울기가 다시 바뀌는 시점에 와 있습니다.

사람들이 성씨에 집착했던 이유

우리나라는 성씨가 많지 않습니다. 불과 100여 개 정도밖에 되지 않아요. 이웃 나라 일본을 비롯해 다른 나라에는 성이 수도 없이 많습니다. 성을 만든 것은 아마도 집안의 부와 체제를 유지하기 위한 수단이었을 것입니다. 많은 문화권에서 남성이 자기의 성을 후손에게 물려주는 전통이 생겼는데 우리 역시 농경을 하고 땅을 소유하게 되면서 성을 물려주기 시작했던 것 같습니다.

제가 미시건대학교에 있을 때 가깝게 지내던 부부가 있었습니다. 둘 다 인류학을 공부한 사람들인데, 서양에서는 여성이 결혼하면 자기 성을 버리고 남편의 성을 따르는 것이 일반적이었지만 그들은 그리하지 않았어요. 서양인들 중에는 한국의 엄마들이 자기 성을 유지하는 것을 보고 한국의 여권이 강하냐고 묻는 사람들이 있습니다. 그러나 실제로는 한국의 엄마들은 자기 성을 유지하기보다는 '누구누구의 엄마'로 불리며 정체성을 잃게 되는 경우가 많아요. 서양에서는 성을 포기할지언정 동양보다 오히려 여권을 인정받는 사회였는데, 언제부턴가 엄마의 성도 자식에게 물려줄 수 있도록 법적으로 허용되기 시작했습니다. 부부가 서로 합의해 예를 들어, 딸은 아내의 성을, 아들은 남편의 성을 따르게 할 수 있습니다. 앞서 언급한 부부도 아들은 아빠 성을, 딸은 엄마 성을 따르기로 약속했다고 해요. 그래서 딸을 낳고 엄마 성을 줬는데, 둘째 때 아들을 낳고 퇴원하려고 보니 아내 성으로 되어 있더라는 것입니다. 미국에서는 서류 작성이 간단해서 남편이 없는 자리에서 아내가 서류를 작성했고, 결국 아들과 딸 모두 엄마 성을 갖게 되었습니다. 그 부부의 경우에는 남편이 워낙 호인이어서 별 문제 없이 잘 살고 있어요.

게다가 그 집은 원래 아빠가 세 아이를 돌보는 집으로 알려져 있었습니다. 부부 둘 다 박사 학위를 받았으며, 원래는 아빠가 더 잘나갔죠. 그런데 어느 순간부터 집안일이 너무 바빠진 것입니다. 엄마는 아이들을 돌보기보다는 공부하기를 훨씬 더 좋아했기에 결국 아빠가 모든 아이들을 돌보게 되었습니다. 아내까지 포함해서요. 그는 놀랍게도 음식을 매우 잘했어요. 제가 요리책을 써보라고 할 정도였죠. 그 집에 놀러 가면 그 친구가 30분 안에 저녁을 차렸는데, 맛이 아주 훌륭했어요. 그래서 '30분 안에 차리는 저녁상'이라는 제목의 책을 써보라고 권유했던 겁니다.

결국 그는 30대 후반이라는 적지 않은 나이에 인류학 연구를 접고 의과대학에 진학했습니다. 그대로는 둘 다 대학교수가 될 가능성이 적었고, 연구원으로 지내는 것으로는 한계가 있을 것 같았죠. 그래서 누군가는 '빵'을 가져오는 사람이 돼야 했습니다. 영어권에서는 이걸 흔히 'breadwinner'라고 하죠. 그래서 그 나이에 의과대학에 진학해서 수석 졸업까지 하면서 온 집안일을 전부 돌보았습니다. 아이들이 조금씩 자라면서 집에서 공부가 어렵다고 느낀 아내는 시내에 아파트를 임대해 매일 그곳으로 출근했고, 아빠는 아들의 축구 코치까지 했습니다. 큰딸 역시 훗날 의과대학에 진학했습니다.

그 친구의 이름이 폴인데, 우리는 그를 '세인트 폴(Saint Paul)'이라고 불렀어요. 성인이라고 말입니다. 그렇게 열심히 모든 일을 하면서도 자식들에게 자신의 성은 물려주지 못했어요. 그 가족과 종종 만나 대화를 나눌 때, 그 아빠에게 성을 물려주지 못한 것에 대해 후회하느냐고 물었지만 그의 답변은 늘 전혀 그렇지 않다는 것이었습니다. 자기 성을 주진 못했지만 정말 성실하게 자식들을 잘 키웠고, 다들 성인이 됐어요. 사실 성을 물려주는 것이 그렇게 대단한 일은 아니지 않은가요. 그 가족을 보면 그런 생각을 하지 않을 수 없습니다. 아빠는 자신의 성을 물려주지 못한 것에 대해 전혀 안타까워하지 않는 듯했습니다. 아이들이 제법 자란 후 그 가족을 우연히 다시 만났을 때, 아이들이 아빠 양쪽 팔에 매달려 있는 모습을 보며 그가 매우 행복한 아빠라고 생각했어요. 그것으로 충분한 것 아닐까요.

어디에도 없는 호주제

저를 찾아와서 내가 호주제 운동에 참여해 주면 상당히 참신할 것 같다고 한 친구는 훗날 헌법재판소에서 재판관을 지낸 이석태 변호사였습니다. 당시 무슨 얘기냐고 물었더니, 법정에서 이런 일들을 놓고 계속 다투고 여성단체들이 피켓을 들고 시위하다 보니 너무 감정적이 된다면서 과학자가 나서주면 분위기가 달라지지 않겠냐고 했습니다. 아마도 과학이 가진 객관성의 힘을 믿었던 것 같아요. 사실 그는 법학으로 전향하기 전에 서울대에서 화학을 전공한 과학도였습니다.

저는 1999년 EBS에서 '여성의 세기가 밝았다'라는 주제로 여섯 번의 강연을 했어요. 강연하는 도중 어느 날 폭탄 선언을 해버렸습니다.

"자연계를 오랫동안 관찰해 봤지만 그곳에는 호주제도라는 게 없다. 대한민국에만 있는 호주제가 이상할 수밖에 없다. 만약 자연계에도 이런 제도가 있다면 호주는 당연히 암컷이다."

30초도 안 되는 이 짧은 얘기를 하고 강연을 이어갔는데 그 다음 날부터 제 인생이 완전히 뒤집혔죠. 저는 호주제 문제가 그렇게까지 심각한 줄도 몰랐습니다. 그렇게 첨예한 문제라는 걸 알았더라면 말을 더 조심했을 거예요.

그 후 저는 앞서 언급했듯이 극심한 언어 테러를 겪으며 살았습니다. 욕설이 담긴 전화 때문에 전화 코드를 뽑고 지내던 중 간간이 여성들의 전화를 몇 번 받게 됐습니다. 진주에 사는 50대 여성이라며 "도대체 선생은 어디 있다가 이제 나타났느냐, 10년 먹은 체증이 사라졌다"고 하더군요. 어떤 여성은 전화기 너머로 거의 대성통곡을 하는데, 제가 전화를 끊을 수가 없었어요. 그냥 자신의 인생을 전화로 다 이야기하니까요. 어쩌다 보니 저는 호주제의 모순 한복판에 끌려 들어가 있었습니다. 멋 모르고 떠들었는데 점점 실상을 알아가다 보니 대한민국 남자들에게는 뭔가를 빼앗기는 것 같아 흥분하는 수준이었지만, 여성들에게는 엄청난 삶의 굴레였더군요. 저 같은 외간 남자에게 전화해서 전화기를 붙들고 흐느낄 정도였으니 말입니다. 그래서 고민하기 시작했어요. 어차피 지금 욕을 먹고 있고, 단체 행사 같은 곳에 가면 도포 입고 갓 쓴 사람들이 저에게 "최 교수, 당신도 남자냐?"며 소리지르는 판에 뛰어든다 해도 뭐 그리 대단하게 달라질 게 있을까 싶었죠. 그래서 한번 덤벼보기로 했습니다. 책도 쓰고, 강연도 시작했어요. 자연계에는 호주제도라는 게 없다, 이런 정도가 아니라 왜 대한민국 호주제도가 문제일 수밖에 없는지에 대해 글도 쓰고 강연도 했습니다.

어느 날 헌법재판소에서 편지 한 장이 날아왔어요. 헌법재판소에서 편지가 올 이유가 없는데, 괜히 약간 겁나는 마음으로 뜯어보니 헌법재판소장 명의로 온 편지였습니다. 헌법재판소에 출두해서 호주제의 비합리성에 대해 변론할 용의가 있느냐고 묻더군요. 저는 별 고민 없이 출석하겠다고 대답했습니다. 저는 이미 과학의 대중화 혹은 대중의 과학화 운동을 하고 있었어요. 생각

해 보니 이건 반가운 일이었습니다. 대한민국 법조계가 과학계의 의견을 듣겠다고 정식으로 초청한 것이니까 물러설 수 없겠다 싶었죠. 드디어 과학자의 의견을 존중하겠다는 뜻이니까요. 이거야 말로 과학 대중화의 중요한 한 걸음이 될 것 같아 하겠다고 했습니다. 그때 여성 변호사들의 도움을 받아가며 공부도 하고, 하루 전날 공판이 열리는 방에도 미리 들어가 나름대로 치밀하게 준비했습니다.

헌법재판소에 출석한 그날 참 재미있는 일이 벌어졌어요. 그날을 기억하는 여성단체 사람들은 지금도 가끔 그런 얘기를 합니다. 저는 변호인단과 함께 왼쪽에 앉고, 호주제 폐지가 부당하다고 주장하는 유림 측 변호사들이 오른쪽에 앉았습니다. 제가 변론을 하려면 가운데 나가서 해야 했죠. 생각해 보니 동물 얘기를 좀 해야겠는데 헌법재판관들이 과연 동물의 왕국을 얼마나 많이 봤을까, 동물에 대해 공부한 게 있을까 싶어 파워포인트를 준비했습니다. 법에 저촉되지 않는 한 자료화면을 보여주면서 설명하는 것이 훨씬 좋을 것 같다고 하자, 헌법재판소장님이 뒤돌아보며 직원에게 "우리 기계가 있나요?"라고 묻더군요. 그래서 제가혹시 몰라서 포터블 기계를 가져왔다고 말했습니다. 그러자 재판관님들이 긴급 회의를 열었어요. 기껏 제게 한 답변이 스크린이 없다는 것이었습니다. 하지만 그 방 양쪽 벽면이 어마어마하게 큰 흰 벽이라 저는 저 벽이면 충분할 것 같다고 답했습니다. 사전답사를 한 덕택이었죠. 그리고 나서 저는 유림 쪽 사람들이 앉아 있는 머리 위로 파워포인트 빔을 쏘며 설명을 시작했습니다. 그들은 돌아앉아 있었고, 제 얘기를 들으려면 올려다봐야 했습니다. 저는 15분 동안 물개, 공작새, 병목파리 사진 등을 보여주며 호주제가 자연계에는 존재하지 않는, 결코 자연스러운 제도가 아닌 것 같다는 점을 설명했습니다. 자연계에 존재하지 않는다고 해서 반드시 잘못된 것이라고 할 수는 없지만, 호모 사피엔스라는 종이 지구 전체에 퍼져 살고 있는데, 한반도에 사는 5000만 명 정도만 채택하고 있는 이 제도가 과연 보편적인 현상일 수 있느냐는 의문을 제기했습니다.

인류 연구에서 계보를 추적할 때, 가령 에티오피아에서 발견된 루시 할머니를 인류 최초의 조상이라고 말할 수 있는 이유는 유전자를 추적해 그 사람이 지금 우리가 살고 있는 현생 인류와 맞닿아 있음을 밝혀냈기 때문입니다. 물론 우리 세포 안에는 핵 DNA가 있는데 그 절반은 여성에게서, 절반은 남성에게서 옵니다. 그렇기 때문에 핵 DNA를 추적하는 것은 쉽지 않았어요. 그래서 우리는 주로 미토콘드리아 DNA를 많이 사용해서 계보를 추적했습니다. 미토콘드리아는 세포질 속에 들어 있어요. 수컷은 정자만 제공하고, 세포질은 온전히 난자에서 오기 때문에 미토콘드리아의 DNA는 암컷에서 암컷으로만 전달됩니다. 우리는 미토콘드리아 DNA를 연구해 암컷에서 암컷으로 추적하며 인류의 조상을 찾아낸 겁니다. 자연계의 계보는 결국 암컷으로 추적하는 것이에요. 저는 마지막으로 이렇게 말했습니다.

"그렇지만 저는 어디까지나 과학자입니다. 과학자는 사실을 전달하는 데에는 익숙하지만 그 사실에 기반해 어떤 의미를 찾는 일에는 익숙하지 않습니다. 그것은 재판관님들께 맡기겠습니다. 저는 오로지 자연계를 둘러보나 우리 인간계를 보나 대한민국의 호주제는 전혀 보편적인 시스템이 아니라는 그 말씀만 드리겠습니다."

이렇게 말하고 나자 유림 쪽 변호사들이 저를 심문하기 시작했습니다. 그러고 나서 저는 그 일을 잊었는데, 몇 년 전 《호주제 폐지를 위한 소송 백서》라는 것이 만들어졌어요. 이 보고서를 받고 다시 보니 제가 그날 변론한 내용이 무려 30페이지에 걸쳐 정리되어 있더군요. 변호사들은 제 발언에서 꼬투리를 잡기 위해 수많은 질문을 쏟아냈고, 제가 조금만 실수해도 논리적이지 않다고 지적하려 했습니다. 놀랍게도 저는 그 모든 질문에 잘 대응했던 것 같아요. 답변할 수 없는 것은 "저는 그런 부분까지는 자연계에서 관찰하지 못했습니다"라는 식으로 질문을 피하고, 어떤 질문은 도로 받아치며 수십 개의 질문을 잘 받아넘겼습니다. 그로부터 한 달 후 헌법재판소에서 대한민국의 호주제는 위헌이라는 판결이 나왔고, 그 판결은 국회로 넘어가 새로운 가족법이 만들어졌습니다. 그리고 저는 대한민국 남성으로서는 처음으로 '올해의 여성운동상'을 받게 되었고요. 안 받으려고 저항했지만 여성 운동을 하는 무서운 여성 선배들이 "더 잘하라고 주는 거니까 냉큼 와서 받으라"고 해서 받았는데, 집에서는 아들이 "아빠가 무슨 운동을 했다고 상을 받아?"라고 하고, 아내는 "아이고, 내가 당신의 진면목을 드러내야 알지. 그 사람들 눈이 삐었지, 무슨 여성운동상이야"라고 하며 전혀 환영받지 못했습니다.

호주제 폐지를 위한 소송 백서 질문

그 백서에 있는 질문 중에는 이런 질문도 있었습니다.

"묻겠습니다. 참고인은 유성생식하는 생물의 수정과 번식 과정에서 양성의 유전적 기여도를 따진다면 일반적으로 암컷의 기여도가 더 높다고 보십니까? 만약 그렇다면 인간의 경우도 그렇습니까?"

저는 그렇다고 대답했고, 슬라이드를 두세 개 더 보여주며 설명했습니다. 이는 지극히 생물학적인 문제입니다. 기본적으로 수정이라는 것은 우리 인간을 포함한 포유류의 경우, 수컷의 DNA를 전달하는 과정으로부터 시작됩니다. 이 과정에서 정자가 난자 안으로 들어가는 것도 아니고, 정자의 머리끝에서 나오는 효소가 난자의 벽을 녹이면 난자 안으로 수컷 DNA의 절반을 넣어주는 것이죠. 그러면 암컷은 그 안에서 자신의 유전자의 절반을 줄여 가지고 있다가 수컷의 DNA와 절반씩 합쳐 하나의 생명체를 만듭니다. 그렇기 때문에 생물 세계에서 번식에 있어 암컷의 결정권이 더 크다고 볼 수 있으며, 생물계에서 번식에 관한 결정권은 거의 예외 없이 무조건 암컷에게 있습니다. 그러자 다음 질문이 이어졌습니다.

"다시 3항으로 돌아가 묻겠습니다. 참고인은 어떻게 이렇게 얘기한 겁니까? 그렇게 생각하는 근거는 무엇인가요? 참고인의 진술에 따르면 인간의 경우 Y염색체 분석법으로 아들과 아버지의 관계는 분석할 수 있지만 딸과 아버지의 관계는 분석할 수 없다는 것인가요?"

답변을 하면 바로 다음 질문이 이어지고, 계속된 질문 공세에 숨이 막힐 지경이었어요. 저는 법정이라는 곳을 처음 가봤고, 이렇게까지 심하게 질문하는 줄 모르고 어리둥절하게 덤벼들었다가 호되게 당했죠. 그러나 훗날 이 백서를 다시 읽으며 제가 한 번도 실수하지 않고, 한 치의 양보도 없이 모든 질문을 받아넘겼다는 사실에 스스로 많이 놀랐습니다. 이럴 줄 알았으면 변호사를 했어야 됐나 싶어요.

수컷 DNA의 의미와 역할

제가 이렇게 얘기한다고 해서 결코 수컷의 기여도가 적다는 의미는 아닙니다. 미토콘드리아 DNA는 세포질 안에 있다 보니까 암컷에서 암컷으로 전달되는 것뿐이지 실제로 한 생명체를 만들어 내는 데 관여하는 DNA는 핵 DNA입니다. 이건 남성과 여성이 정확하게 50%씩 기여합니다. 당시는 저한테 유도 질문을 하니까 제가 안 빠져들기 위해 강하게 답변을 했을 뿐입니다. 사실상 번식 차원에서 기여도의 차이가 있는 건 아니에요. 다만 우리 세포 안에는 미토콘드리아를 비롯해 여러 세포 소기관이 있고, 이것들의 기능에 대해 아직 우리가 완전히 다 아는 건 아니지만 수컷은 전혀 관여하지 못하고 암컷에서 암컷으로 전달된다는 뜻입니다. 법정에서도 정확하게 정량적으로 대답하라는 질문이 있었고, 전 이렇게 대답했습니다.

핵 DNA를 꺼내서 재보면 정확하게 50%씩입니다. 그런데 세포질 안에는 엽록소도 있고 미토콘드리아도 있고 DNA 양은 얼마 안 되지만 이걸 무게를 잴 수 있다면 암컷의 DNA가 조금 더 많습니다. 그걸 구태여 기여라고 한다면 저는 암컷의 기여가 크다고 답변할 수밖에 없습니다. 실제로 그것은 신진대사 차원에서 기여할 뿐이지 한 생명을 만들어 내는 유전자 발현 차원에서 기여도를 얘기하면 전혀 차이가 없습니다. 여기서 암수의 차이가 생기면 기형이 나타납니다. 예를 들어 제가 수업 시간에 가볍게 하는 말이 있는데, 결혼을 했는데 남편이 하는 짓마다 실수투성이고 영 못마땅해서 저 남자 DNA가 너무 많이 들어가면 우리 애들 망칠 것 같아서 아내가 내 DNA를 조금 더 넣어야 되겠다, 이러면 큰일 납니다. 기형이 태어납니다. 아무리 남편이 밉고 마음에 안 들어도 정확하게 50%를 지켜야 정상적인 아기가 태어납니다. 제가 가끔 이렇게 농담을 하는데 그 농담의 진심은 하나의 생명체를 만들어 내는 차원에서는 전혀 차이가 없다는 것입니다.

이렇게까지 설명을 해도 납득을 못 하는 사람들이 있었어요. 제가 법정에서 발언할 때는 어쩌다가 유전자 이슈가 굉장히 중심 이슈가 되어버렸는데 이것도 참 신기하다고 생각합니다. 미시건 대학교에서 교수를 하던 시절 그 동네 신문사와 인터뷰를 한 적이 있어요. 한국에서는 인터뷰를 많이 했지만 미국에서는 아직 소장파 학자였고 또 외국인이라서 인터뷰 기회가 흔한 건 아닌데 그때 제가 했던 발언이 알려지면서 그 매체에서 나를 찾아와 인터뷰하고 기사화했습니다.

어떤 남자가 결혼해서 아이를 낳았는데 경제적으로 아이를 키울 능력이 안 돼서 입양을 보낸 이야기로 시작합니다. 한참 세월이 지난 후 그 남자가 경제적으로 좀 살 만해지니까 입양센터를 통해 겨우겨우 아이가 어느 집으로 입양 갔다는 걸 알아냈고, 돌려달라는 소송을 한 것입니다. 이게 그 당시 미국에서 몇 년을 끌면서 굉장히 첨예한 대립이 됐어요. 그런데 언론에서 뭐라고 얘기하냐면 "생물학적 아빠가 나타났다, 입양한 아빠는 아이에게 유전자를 준 사람이 아니기 때문에 생물학적으로는 아빠가 아니다"라며 이걸 가지고 굉장히 많이 싸웠습니다. 제가 어느 강연에서 한 말인 것 같은데, "여기서 'biological father(생물학적 아빠)'라고 얘기하는 건 엄밀하게 말해서 정확한 표현이 아니다. 생물학적 아빠는 틀린 말이고 지금 소송을 제기한 아빠는 'genetic father(유전적 아빠)'라고 얘기해야 한다. 왜냐하면 그 사람은 유전자만 줬지 딸이 커가는 과정에서 전혀 관여하지 않았기 때문이다. 생물학에는 생태학이라는 학문도 들어 있고, 아이가 유전적으로 어떤 유전자를 받았느냐와 더불어 양육 과정에서 어떤 일이 벌어졌냐 모두 다 전체적으로 생물학적인 현상이다. 그래서 그렇게 부르면 안 된다. 만약 언론이나 법정이 이 사람은 유전적 아빠이고 길러준 사람은 생태학적 아빠(ecological father)라고 부르면 굉장히 서로 얘기할 게 많아진다. 그런데 일방적으로 생물학적 아빠가 나타났고 나를 키워준 아빠는 가짜 아빠다 이렇게 해버리면 기른 정은 설 자리가 없어진다. 기른 정도 굉장히 중요하다. 그러니까 정자를 준 아빠와 길러준 아빠 이렇게 정당하게 비교를 해달라", 그런 얘기를 제가 떠들어댔는데 생각보다 사람들은 유전자를 중요하게 생각합니다.

미국에서도 "내가 내 정자로 낳은 딸이다"라는 게 엄청난 힘을 발휘해서 결국 소송을 건 아빠가 이겼습니다. 아이를 몇 년째 기르고 있던 집에 가서 그 아이를 빼앗아 데리고 나오는 장면이 TV 화면 가득 펼쳐졌죠. 아이는 자기를 길러준 아빠한테서 안 떨어지려고 매달리며 우는데 그걸 억지로 떼어내는 장면이 그냥 다 중계된 것입니다. 그래서 저는 "이건 말도 안 된다. 만약 나한테 판정을 내리라고 하면 기껏 유전자를 준 아빠보다 길러준 아빠가 훨씬 더 훌륭한 아빠라고 판정을 내리겠다"는 얘기를 했어요. 그런데 질문은 대부분 유전자에 대한 것이 훨씬 강력하게 들어왔습니다. 이런 얘기를 적은 책이 《여성시대에는 남자도 화장을 한다》라는 책인데, 저는 최근 원제에서 토씨 하나만 바꾼 제목으로 개정판을 냈습니다. 《여성시대에는 남자가 화장을 한다》.

호주제가 폐지된 지금 한국

호주제가 폐지됐는데도 지금까지 엄마 성을 쓰는 사람은 그리 많지 않습니다. 다만 최근 들어 제 주변에서 간간이 나타나기 시작했어요. 곧 우리 사회도 달라질 거라고 생각합니다. 사실 호주제 폐지 판정이 내려지기 몇 년 전부터 약간의 변화가 일어나긴 했습니다. 엄마 아빠 성을 함께 쓰는 운동이 있었죠. 호주제 폐지 운동을 같이한 사람들 중에서도 그런 사람이 몇 명 있었어요. 그런데 중요한 것은 그런 게 아닙니다. 가끔 아내는 제게 이렇게 말해요.

"그래서 당신이 호주제 폐지를 위해 애썼는데 진짜 대한민국 여성의 인권이 그만큼 신장됐다고 생각하느냐."

훅 들어온 질문에 실은 그렇다고 답하지 못했어요. 하지만 저는 호주제 폐지가 우리나라 여권 신장에 상당한 계기가 됐을 거라고 생각합니다. 이후로 우리 사회에서 많은 변화가 일어나기 시작했고, 호주제 폐지 하나가 모든 문제를 해결해 줄 수는 없겠지만 그로 인해 많은 것이 바뀌고 있는 것은 사실이니까요. 마치 여권이 너무 빠른 속도로 신장하는 게 아니냐 걱정하게 되는, 그래서 이른바 이대남(20대 남성)이라 불리는 젊은 남성들이 이러다가는 우리가 설 자리가 없어지는 게 아니냐며 절박한 목소리를 내기 시작한 것도 우리 사회가 퍽 빠른 속도로 남녀관계의 위상이 바뀌고 있다는 것을 방증한다고 봅니다. 지금은 조금 진통을 겪고 있고, 남성들은 갑자기 모든 걸 빼앗기는 것 같은 허탈감 내지는 불안함을 느낄 수밖에 없는 시점이에요. 여성들 입장에서는 그렇다고 해서 실제로 여성의 권한이 그렇게 향상된 것도 아닌데 남성들이 이런 식으로 나오면 반발할 수밖에 없습니다. 세상일이라는 게 결국 시계추와 같아서 평형점을 찾아가는 과정이라고 생각해요. 한쪽으로 조금 치우쳤다가 서서히 가운데로 자리를 잡아갈 것입니다. 저는 그렇게 오랜 시간이 걸릴 거라고 생각하지 않아요. 저는 평등보다는 협력이라는 표현을 좋아하는데, 비교적 빠른 시일 내에 대한민국 사회는 남녀가 서로 협력하며 좋은 가정을 이루고 살 만한 사회를 만들어가는 시대가 올 거라 생각합니다.

가부장적 집안에서 자란 남자의 변화

가부장적 집안에서 자란 제가 호주제 폐지에 동참하고 여성운동상까지 받았다는 사실에 아버지는 무척 당황스러워하셨습니다. 아버지 관점에서 보면 저는 쓸데없는 일을 하느라 바쁘게 사는 아들인 거죠. 우리 집은 위계질서가 확고하게 잡혀 있으니까 집안이 표면적으로는 조용해요. 어머니도 전혀 반항을 안 하시니 모든 게 일사천리고 아주 질서정연하고 화목해 보입니다. 그런데 이건 어머니의 희생을 전제로 이뤄진 평화일 뿐, 결코 바람직한 상황은 아니에요. 더 신기한 건 이런 저의 활동을 어머니가 불편해한다는 것이죠. 뭐 그런 일까지 네가 했어야 하냐는 것입니다. 어머니 삶에서 그건 너무 당연한 일이었고 구태여 뒤집어야 할 이유가 없었으니까요. 아들 입장에서는 어렸을 때 어머니를 보면서 겪었던 마음속 감정들, '나는 이 다음에 아내에게 정말 헌신

하고 살겠다. 내 아이에게는 완전 물렁팥죽 아빠가 되리라' 다짐하며 컸습니다.

실제로 저는 아들에게 '물렁팥죽' 아빠가 되었지만, 아내와의 관계는 결코 쉽지 않았어요. 저는 자라면서 부모님 외에는 다른 부부의 모습을 볼 기회가 없었습니다. 누나나 여동생도 없었고, 주변에 친척이 많았다면 다른 가족의 모습을 볼 수 있었겠지만, 시골에서 우리 가족만 달랑 서울로 왔기 때문에 그렇지도 못했죠. 저는 부모님의 관계만을 보며 자랐습니다. 그렇다고 우리 아버지가 나쁜 사람은 아니에요. 아버지는 어머니를 마음 깊이 아낍니다. 다만 아버지가 어머니를 아끼는 방식이 권위적일 뿐이라는 거죠. 그 관계에서 다른 의도가 있었던 것은 아니었습니다.

그렇다 보니 저도 알게 모르게 그런 사람이 돼 있었더군요. 대학 시절에 만난 여자친구들이 내가 여성운동상을 받았다는 뉴스를 봤으면 정말 이해하지 못했을 것입니다. 저는 전형적인 마초 남이었으니까요. 집에 데려다주고 그런 거 저도 다 했습니다. 그런데 그거는 내가 베풀기 위해서 한 거지, 그 여성의 권한을 존중해서 한 일이 아니었어요. '당신은 내 여자니까 내가 그래도 보호해 줘야 한다'고 생각해서 데려다준 거지, 남성이 그래도 여성과의 이런 관계 맺음 속에서 뭔가를 해야 한다, 그런 생각을 하면서 한 게 아니었습니다. 그런 상태로 미국 유학을 갔고, 미국에서 아내를 만나 데이트할 때는 그런 게 잘 드러나지 않은 상황에서 모르고 덜컥 결혼했는데 진짜 결혼하자마자 어떻게 이런 사람이 있나

191

싶었을 것입니다. 물론 아내 입장에서는 아직도 멀었다고 생각하겠지만 전 그래도 스스로 참 많이 변했다고 느낍니다.

사람이 변하기란 결코 쉽지 않아요. 남성, 특히 가부장적 문화 속에서 자란 대한민국 남성들은 가슴이 시키는 대로 움직이면 계속 실수할 수밖에 없습니다. 머리로 분석하고 노력하지 않으면, 그러니까 몸에 맡겨두면 계속 실수할 것입니다. 그렇게 컸으니까요. 저도 여전히 실수하며 삽니다. 그래도 자꾸 머리로, 즉 이성적으로 분석하고, 내가 이렇게 하는 건 옳은 일이 아닐 것 같은데 생각하면서 나와 아내의 관계를 가능하면 보다 평등한 관계로 만들어보려고 애쓰며 삽니다. 계속 헛발질을 거듭하지만 말입니다.

호주제 폐지,
대한민국을 뒤흔든 역사적 순간

우린 어느 날 뉴스로 보게 되었다. 호주제를 폐지하고 새로운 가족의 개념으로 법을 개정한다는 것을. 하지만 실제적으로 우리 피부에 직접 와닿은 것은 (故)최진실법으로 더욱 유명세를 알린 내용이었다. 엄마의 성을 따를 수 있다니…. 실제 엄마의 성으로 아이들의 성이 바뀌는 것을 확인하고 나서야 호주제 폐지가 우리 사회에 미치는 영향을 깨달을 수 있었다. 한부모 가정이 늘고 있고, 친권에 대한 다양한 이슈가 생기는 요즘 호주제가 그대로 있었다면 어땠을까 상상조차 되지 않는다. 지금도 우리 사회의 케케묵은 관습법이 남아 있지만 호주제만큼 큰 영향을 미치는 게 또 있을까 싶다.

'전지적관찰자시점'을 론칭하고 나서 자연스럽게 호주제 폐지 순간에 대한 이야기를 듣지 않을 수 없었다. 무엇보다 생물학자인 교수님이 어쩌다가 헌법재판소까지 가게 된 걸까?

호주제 폐지와 관련된 내용만 들을 수 있을 거라는 단순한 생각은 저멀리 날려버릴 만큼 최재천 교수님이 살아온 삶에 대한 많은 가치와 철학을 들을 수 있었다.

햇살 가득한 어느 날, 그날도 설거지를 하고 있는데 "왜 나는 도와준다고 생각하면서 지금껏 마지못해 억지로 하고 있었나?"라는 단순한 물음이 다가왔다고 했다. 그 생각은 "같이 공부하고 일하는데 왜 집안일은 여자들의 몫이 되었나"로 이어졌다. 인류는 농경사회를 거치면서 남자들에게 쥐어진 권력 구도 재편의 역사까지 교수님 생각의 깊이를 따라가는 과정이 흥미로웠다.

하지만 호주제 폐지를 반대하는 여러 단체의 협박과 조롱은 단순한 인신공격을 넘어선 것이었다. 변화란 원래 그런 것일까? 가지고 있는 것을 빼앗으면 세상이 무너지고 내가 사라지는 것 같은 상실감이 드는 것일까? 교수님은 그러한 시간을 묵묵히 견뎌냈다. 아니, 그 중간중간 피해자들의 한이 담긴 전화를 받으면서 이렇게 된 이상 전면에 나서야겠다고 결심하고 본격적으로 주장과 의견을 펴기 시작했다.

최재천 교수님이 여성 교수였다고 해도 그런 파급력이 있었을까, 종종 생각해 본다. 매우 비과학적인 논리지만 피해자 입장에서의 주장은 평가절하하는 부분이 분명히 존재한다. 하지만 굳이 그럴 필요 없다고 느끼는 입장에서 주장을 하면 그것은 객관적일 가능성이 높다고 무의식적으로 생각하기 마련이다. 어쩌면 교수님 입장에서 이득이라고 할 게 전혀 없는 상황에서 생물학적으로 접근한 것이 오히려 우리 사회를 한 단계 더 도약하게 만든 계기가 되지 않았을까. 그것이야말로 과학이 가진 진짜 힘이라 느껴졌다.

학자의 양심이라는 거창한 표현도 아깝지 않지만, 한 개인 앞에 놓인 운명 속에서 결국은 숨지 않고 내가 옳다고 생각하는 가치를 향해 한 걸음 더 내딛고자 용기를 내는 것은 우리 모두 생각해 봐야 할 부분이다. 역사는 그렇게 양심의 잉크로 새롭게 쓰인다. ◗

〈최재천의 아마존〉
해당 영상 보기

*아래 내용은 최재천 교수님이 2003년 12월 헌법재판소에
제출했던 '호주제도의 전제인 부계혈통주의의 과학적 근거 유무 및
호주제의 존폐에 관한 전문의견' 입니다.

의견서

I. 과학적 의견의 의의

호주제의 근간이 되는 부계혈통주의의 정당성과 그에 따른 호주제
도의 존폐에 관하여 과학자의 의견을 묻는 일은 대단히 이례적이지만 바
람직한 일이라고 생각합니다. 왜냐하면 과학은 본질적으로 가치중립적
이라서 호주제도와 같이 각종 이해관계로 인해 다분히 감정적으로 전개
될 가능성이 높은 사회적 문제에 대해 보다 객관적인 견해를 제공할 수
있기 때문입니다. 그래서 기독교 시인 오든(W. H. Auden)도 일찍이 "과
학 없이는 평등이라는 개념을 갖지 못했을 것"이라고 말한 것 같습니다.

저는 이 의견서에서 철저하게 과학적인 논리로 남녀평등의 당위
성을 논의할 것입니다. 역사적, 사회적, 법률적 분석은 다른 참고인들이
충분히 제공할 것이라고 판단하여 저는 오로지 과학적인 분석만을 제공
하겠습니다. 개인적인 감흥에 치우친 분석이나 구호성 발언은 철저하게
자제할 것입니다. 사회정의가 반드시 투쟁과 선동에 의해 얻어지는 것
이 아니라고 생각하기 때문입니다. 과학적 논리에 입각한 올바른 이해

와 그에 따른 공정한 타협으로 구축한 평등이 투쟁으로 획득한 평등보다 훨씬 더 확고하다고 믿습니다.

II. 호주제의 생물학적 모순

호주제는 한 마디로 전혀 생물학적이지 못한 제도입니다. 어쩌다 보니 인간 세계는 아들이 필수적인 존재가 될 수 있는 지극히 인위적인 제도를 만들어냈지만 자연계 어디에도 아들만 고집할 수 있는 생물은 없습니다. 만일 있었더라도 일찌감치 멸종하고 말았을 것입니다. 누구나 아는 사실이지만 수컷만으로는 번식을 할 수 없기 때문입니다. 지구상에는 수컷을 만들어내야 할 필요를 느끼지 못해 여태 암컷들끼리만 사는 생물종들도 있고, 수컷과 함께 살다가 결국 없애버리고 암컷들만 남아 살아가는 종들도 있습니다. 하지만 암컷들을 죄다 없애버리고 수컷들끼리만 사는 종은 있을 수도 없고 실제로 이 세상 어디에도 존재하지 않습니다.

우리 인간처럼 유성생식을 하는 생물들은 모두 난자와 정자가 결합하는 수정이라는 과정을 거쳐 태어납니다. 암컷과 수컷이 각각 자기 유전자의 절반을 넣어 만든 난자와 정자가 만나 하나의 수정란이 되어야 그로부터 새로운 생명체가 탄생하는 것입니다. 우리가 흔히 유전자라고 부르는 것들은 대개 한데 뭉뚱그려 세포의 핵 속에 들어 있는 DNA를 의미합니다. 그러나 세포 안에는 핵뿐 아니라 많은 세포소기관들이 들어 있습니다. 그 중의 하나로 세포가 사용하는 에너지를 만들어내는 미토콘드리아라는 소기관이 있습니다. 그런데 신기하게도 이 미토콘드리아 안에는 핵의 DNA와 다른 그들만의 고유한 DNA가 들어 있습니다. 그 옛날 세포가 진화하던 초창기에는 미토콘드리아가 독립적으로 생활 하던 박테리아였다는 결정적인 증거입니다. 이른바 '공생설'이라고 부르 는 진화생물학 이론은 서로 다른 박테리아들이 공생과정을 통해 오늘날 의 세포를 형성하게 되었다고 설명합니다.

따라서 핵이 융합하는 과정에서는 당연히 암수의 유전자가 공평하 게 절반씩 결합하지만 핵을 제외한 세포질은 암컷이 홀로 제공하는 것 이기 때문에 미토콘드리아의 DNA는 온전히 암컷으로부터 옵니다. 바 로 이런 이유 때문에 생물의 계통을 밝히는 연구에서는 미토콘드리아의 DNA를 비교 분석합니다. 철저하게 암컷의 계보를 거슬러 올라가는 것 입니다. 전통적으로 남자만 이름을 올릴 수 있는 우리 족보와는 달리 생 물학적인 족보는 암컷 즉 여성의 혈통만을 기록합니다. 부계혈통주의는 생물계 그 어디에도 존재하지도 않을 뿐더러 존재할 수도 없습니다.

수정과 발생의 과정에서 남성이 주도권을 쥐어야 한다는 강박관념 때문에 만들어진 억지스러운 일들이 인간 사회에는 심심찮게 존재합니 다. 17-18세기 유럽의 생물학자들도 예외가 아니었습니다. DNA의 존 재를 모르던 시절이긴 하지만 당시 생물학자들은 정자 안에 이미 작은 인간이 들어앉아 있다고 주장했습니다. '씨'는 이미 남성에 의해 결정되 어 있고 이름하여 '씨받이'로 간주된 여성은 그저 영양분을 제공하여 씨 를 싹 틔우는 밭에 불과하다고 설명하려 했습니다. 정자 속에 이미 작은 사람이 들어 있다는 이론을 받아들이면 실로 어처구니없는 모순에 빠질 수밖에 없습니다. 마치 러시아의 전통 인형처럼 그 작은 사람의 정자 속에는 더 작은 사람이 웅크리고 있어야 하고, 또 그 사람의 정자 속에는 더 작은 사람이 있어야 하고, 그 사람의 정자 속에 또 더 작은 사람이 들어 있어야 하고 하는 식의 무한대의 모순을 범할 수밖에 없습니다. 그릇된 이념은 결국 과학의 객관성 앞에 무너지게 되어 있습니다.

수정과정에서 암수의 역할은 다분히 비대칭적입니다. 정자는 수컷의 유전물질을 난자에 전달하고 나면 그 소임을 다하지만 난자는 암컷의 유전물질은 물론 생명체의 초기 발생에 필요한 온갖 영양분을 다 갖추고 있어야 합니다. 핵DNA는 정확하게 반씩 투자하지만 미토콘드리아 등 다른 세포소기관의 DNA는 암컷만이 홀로 제공하므로 유전물질만 비교해도 암컷의 기여도가 더 크다고 봐야 합니다. 많은 경우 유전물질이 일단 배달된 다음에 벌어지는 일에 대해서는 전혀 아는 바도 없는 수컷이 훗날 뒤늦게 정통성을 주장하는 것은 생물학자가 볼 때 어딘지 무리가 있어 보입니다. 지금 우리 여성계가 추구하고 있는 호주제 폐지는 이런 생물학적 불평등에도 불구하고 인본주의적 입장에서 그저 평등하게만 바로잡자는 것이고 보면 억지스러운 점이라곤 도무지 찾아볼 수 없는 지극히 합리적인 주장이라고 봐야 할 것입니다.

III. 호주제 존폐에 관한 개인적인 의견

저는 개인적으로 호주제 폐지는 여성은 물론, 대한민국 남성이라면 누구나 적극적으로 환영해야 한다고 생각합니다. 호주제 폐지는 남성들에게도 엄청난 생물학적 이득을 제공할 것이기 때문입니다. 우리 사회를 가리켜 흔히 남성중심사회라고 하지만, 오늘날 진정으로 부계혈통주의의 혜택을 보고 있는 남성들이 과연 얼마나 있을까 분석해볼 필요가 있다고 생각합니다. 말로만 허울좋은 가장이지 실제로 막강한 가부장적인 권한을 휘두르며 거들먹거리는 남성들은 이제 우리 사회에 그리 많지 않습니다. 그러면서도 그 별로 이득도 되지 않는 제도가 여성들에게는 치명적인 피해를 끼치고 있다는 사실을 인식해야 합니다.

세계보건기구(WHO) 홈페이지에는 세계 여러 국가들의 연령별 남녀 사망률을 한데 모아놓은 그래프가 있습니다. 세계 어느 나라든 남성의 사망률은 여성의 사망률보다 훨씬 높습니다. 특히 번식적령기인 20대와 30대에서는 남성 사망률이 여성 사망률의 무려 세 배에 달합니다. 이러한 현상은 다른 동물들에서도 똑같이 나타납니다. 세계보건기구에 통계자료를 제공한 모든 나라들도 한결같이 똑같은 양상을 보입니다. 어느 나라든 남녀의 사망률은 서로 비슷하게 시작하여 20대와 30대에 엄청난 차이를 보이다가 40대로 접어들며 점차 비슷해집니다. 그런데 그 그래프에서 유일하게 40대, 50대로 들어서며 남성의 사망률이 하늘 높은 줄 모르고 치솟는 나라가 딱 하나 있습니다. 바로 우리들의 나라, 대한민국입니다. 전 세계를 통틀어 우리나라 40대와 50대 남성들의 목숨이 가장 파리목숨에 가깝다는 객관적인 증거입니다.

몇 년 전 우리 사회는 국제통화기금(IMF) 시대를 겪으며 엄청나게 많은 노숙자들을 생산했습니다. 가정이란 부부가 함께 꾸려가는 것이라는 인식이 있으면 그런 어려움을 당했을 때 면목이 없다며 혼자 가출을 할 것이 아니라 아내와 함께 머리를 맞대고 새로운 길을 찾을 수 있을 것입니다. 호주제도라는 양성에 모두 불평등한 제도 속에 사는 것이 아닌 외국의 남성들은 대부분 그렇게 합니다. 하지만 우리나라 남성들은 가부장의 멍에를 어쩌지 못해 그 무거운 짐을 혼자 짊어지려 합니다. 실질적인 이득도 별로 없는 허울뿐인 가부장 계급장을 떼내면 정말 편해지는 건 남성들입니다. 우선 사망률부터 정상으로 회복될 것입니다. 여성의 세기가 오면 여성만 해방되는 것이 아닙니다. 남성도 함께 해방될 것입니다. 그래서 저는 남성들이 더 적극적으로 변화를 모색해야 한다고 생각합니다.

저의 이 같은 견해를 듣고 나서도 아무리 이 세상 모든 동물들 사회에 부계혈통주의가 없다고 해서 우리 인간사회도 가져서는 안 된다는 주장은 지극히 건전하지 못하다고 생각하는 이들도 있을 것입니다.

저는 그렇게 단순한 논리를 내세우려는 것은 아닙니다. 저는 이 짤막한 의견서에서 왜 부계혈통주의가 생명의 세계에 존재할 수 없는가에 대한 근본적인 이유를 제공했다고 생각합니다.

더불어, 저는 자연계 그 어디에도 존재하지 않으며 이제는 인류 집단 그 어디에서도 유래를 찾기 어려운 호주제도가 유독 이 한반도에서만큼은 살아 남아야 한다고 주장하는 논리에는 아무런 과학적 증거를 제시할 수 없음을 강조하고 싶을 따름입니다.

양심
conscience

호모심비우스, 양심

1판 1쇄 발행 2025년 1월 14일
1판 5쇄 발행 2025년 3월 25일

글 최재천과 팀최마존
기획 및 제작 팀최마존

발행처 더클래스
발행인 박경화
출판등록 2019.02.08 제2019-000018호
주소 서울시 영등포구 양평로 22길 21
이메일 choemazon@gmail.com

ISBN 979-11-990590-7-8(03810)
© 팀최마존